YOSHINO Genzaburô

Et vous, comment vivrez-vous ?

Roman traduit du japonais par Patrick Honnoré

Éditions Picquier

Titre original : *Kimitachi wa dou ikiru ka*

Mas de Vert
B.P. 20150
13631 Arles cedex
www.editions-picquier.com

Illustration de couverture : © Qu Lan

Conception graphique : Picquier & Protière

ISBN : 978-2-8097-1640-5
ISSN : 1251-6007

Quelques mots de l'auteur à propos de ce livre

En octobre 1935 paraissait chez l'éditeur Shinchôsha un livre intitulé *Kokoro ni taiyô wo motte* (« Soleil au cœur ») de Yamamoto Yûzô. Il s'agissait du douzième tome de la « Bibliothèque de la Jeunesse japonaise » que dirigeait Yamamoto Yûzô et qui devait en compter seize au total. Les volumes paraissaient au rythme plus ou moins régulier d'environ un par mois et la collection fut complète en juillet 1937. *Et vous, comment vivrez-vous ?* en a été le dernier tome.

1935, c'était quatre ans après le début de l'invasion de la Chine continentale par l'armée japonaise suite à « l'incident de Mandchourie ». A l'intérieur, le militarisme se montrait de jour en jour plus autoritaire. Et 1937, juillet 1937 plus exactement, le mois même où sortait *Et vous, comment vivrez-vous ?*, eut lieu « l'incident du pont Marco-Polo » qui conduisit à huit ans de guerre sino-japonaise. C'est dans ce contexte-là que fut composé *Et vous, comment vivrez-vous ?* En Europe, Mussolini et Hitler avaient pris le pouvoir, le fascisme menaçait toutes les nations, les nuages noirs de la Seconde Guerre mondiale s'accumulaient sur le monde.

Le projet de la Bibliothèque de la Jeunesse japonaise avait été élaboré en réponse à cette situation. Avec la montée du militarisme, la liberté de parole et la liberté de la presse étaient déjà sévèrement restreintes, et les mouvements ouvriers et socialistes faisaient l'objet d'une répression intense, c'est le moins qu'on puisse dire. Depuis 1935, il était devenu difficile d'écrire pour un esprit indépendant comme Yamamoto Yûzô. La littérature pour la jeunesse était l'un des rares espaces de liberté qui lui demeuraient encore ouverts, et il était animé par la volonté de protéger la jeunesse des effets délétères de l'époque. Pour lui, les jeunes garçons et les jeunes filles de son temps étaient précieux car c'était sur leurs épaules que reposait l'avenir. En un sens, ils représentaient le seul espoir. C'est pourquoi il était important de leur expliquer qu'il existait une culture riche et libre au-delà du nationalisme étroit et des idées réactionnaires, il fallait leur inculquer la foi dans le progrès de l'humanité avant qu'il ne soit trop tard. Yamamoto Yûzô voulait défendre l'esprit de l'humanisme devant le déferlement furieux du fascisme. Or il y avait à cette époque des livres pour enfants qui magnifiaient Mussolini et Hitler comme des héros animés par le vent que soufflait le militarisme. C'est là que Yamamoto Yûzô a fait preuve d'une extraordinaire perspicacité.

Il a eu l'idée d'une collection à destination de la jeunesse et en a discuté le concept avec moi. Le regretté Yoshida Kinetarô s'est joint à nous et nous avons ainsi programmé la publication de seize tomes en cinquante ou soixante livraisons, qui formeraient au total la Bibliothèque de la Jeunesse japonaise. A ce stade, *Et vous, comment vivrez-vous ?* devait traiter de questions d'éthique et être rédigé par Yamamoto Yûzô lui-même. Mais au moment où le projet entrait dans sa phase de réalisation, il a contracté une grave maladie des yeux qui l'a empêché d'écrire pendant un certain temps. Comme il ne voulait pas le confier à quelqu'un d'extérieur, il fut décidé que je l'écrirais moi-même.

A cette époque, j'étudiais la philosophie et j'aimais la littérature depuis l'école, mais, j'étais un amateur en la matière. Je n'avais aucune autorité à remplir la mission que voulait me confier Yamamoto Yûzô. Néanmoins, compte tenu de la teneur de notre projet, comme je viens de le dire, *Et vous, comment vivrez-vous ?*, seizième et dernier tome de la collection, revêtait une importance particulière pour en éclairer l'idée fondamentale. Malgré mon manque d'expérience, en tant que membre du groupe qui avait conçu ce projet, il me revenait de réaliser ce travail sans me dérober. Je me suis mis à l'écriture aux alentours de novembre 1936, tout en poursuivant mes fonctions de responsable éditorial de la collection. Après un moment d'arrêt au début de 1937, j'ai repris la plume au printemps et terminé en mai. Parler d'éthique pendant trois cents pages aurait lassé les jeunes lecteurs si cela avait pris la forme de sermons moralisateurs. Sur le conseil de Yamamoto Yûzô, j'ai donc réfléchi à un moyen de présenter mes idées sous une forme romanesque. C'était la première fois que je réfléchissais à la composition d'un ouvrage de littérature, peut-être existait-il une meilleure façon de faire, je ne sais pas.

Et vous, comment vivrez-vous ? a paru en juillet 1937 et a eu la chance d'être réimprimé plusieurs fois. Le début de la guerre du Pacifique en a malheurseument stoppé la parution. A la fin de la guerre, il est redevenu possible de publier la Bibliothèque de la Jeunesse japonaise et *Et vous, comment vivrez-vous ?* a revu le jour. Il a depuis été constamment réimprimé et il est resté au catalogue de l'éditeur Shinchôsha pendant les vingt années suivantes. Quand la Bibliothèque de la Jeunesse japonaise a connu une refonte générale, le service éditorial a souhaité qu'il soit raccourci d'une quarantaine de pages et que l'orthographe soit corrigée de façon à correspondre aux nouvelles normes d'usage.

Puis les éditions Poplar ont exprimé le souhait de réunir en trois volumes les textes que j'avais écrits pour la jeunesse. A cette occasion, avec l'accord de l'éditeur Shinchôsha, j'ai entièrement revu *Et vous, comment vivrez-vous ?* en corrigeant l'expression, l'orthographe ainsi que quelques détails par endroits, de sorte que le roman a connu deux révisions depuis sa première parution et diffère de sa première version au moins par le style. Je le trouve personnellement bien meilleur, je l'espère du moins.

Prologue

Coper est un jeune garçon en deuxième année de collège.

En réalité, il s'appelle Honda Junichi, Coper n'est qu'un surnom. Il est dans sa quinzième année, mais il est plutôt chétif pour son âge, et pour tout vous dire, il en ressent bien quelques complexes.

Chaque début de trimestre, quand le professeur d'éducation physique fait s'aligner toute la classe et ôter les casquettes pour reformer l'alignement en fonction de la taille de chacun, Coper essaie tant bien que mal de poser ses talons sur quelque gravier, de s'étirer le cou pour gagner quelques places dans le rang, mais ses essais sont systématiquement voués à l'échec. Avec Kitami, qu'on appelle plutôt par son surnom lui aussi, à savoir Gatchin, ils sont toujours à rivaliser pour les deuxième et troisième places. En commençant par la fin, bien sûr. Parfois, c'est l'un qui est devant, parfois l'autre.

En ce qui concerne les notes, c'est l'inverse. Il est généralement premier de sa classe, ou deuxième. Il descend très rarement à la troisième place. Et là, je parle du vrai classement, en commençant par le début. Non pas que Coper soit de ces moucherons et autres bêtes à concours qui ne vivent que dans les livres. Au contraire, il aime un peu trop s'amuser. Au base-ball, il fait partie des titulaires de l'équipe de la classe. Coper n'est pas bien grand, mais quand il enfile l'énorme gant et qu'il défend en seconde base, il sait tenir son rang. En attaque, avec sa petite taille, il n'est pas très puissant, mais il se débrouille bien au rebond et personne ne lui conteste sa place comme second batteur.

Malgré ses très bonnes notes et sa première ou deuxième place au classement trimestriel, il n'a encore jamais été chef de classe. Non pas qu'il jouirait d'un crédit insuffisant auprès de ses camarades, c'est plutôt qu'il est un peu trop farceur. L'autre jour, pendant la leçon de morale, en cachette du professeur, il s'amusait à faire lutter au tir à la corde deux lucanes liés par une ficelle. Pas exactement ce qu'on peut attendre d'un chef de classe, vous l'admettrez. Le jour de la visite des parents, la mère de Coper a droit chaque fois à la même réflexion de la part de son professeur principal :

— Pour le travail en classe, je n'ai rien à dire. Un excellent élément, de très bonnes notes. Ce trimestre encore, il est premier. Néanmoins…

Quand arrive le « néanmoins », la mère de Coper se dit : « Allons, bon… Qu'a-t-il fait encore ? » Suit toujours la même histoire, comme quoi, décidément, Coper aime un peu trop s'amuser.

D'ailleurs, il y a peut-être un peu de la responsabilité de sa mère dans cette regrettable tendance au manque de sérieux de Coper. Quand elle revient de la visite des parents, elle lui fait bien remarquer : « J'ai encore eu droit aux reproches de ton professeur ! » Mais le sermon manque comme qui dirait de persuasion. Bref, la maman de Coper ne sait pas être sévère sur les petites choses.

D'abord parce que les bêtises de Coper ne portent pas vraiment à conséquence, elles ne font de mal à personne, en définitive. Mais il y a une autre raison, plus importante : c'est que Coper n'a pas de père.

Le père de Coper est décédé il y a tout juste deux ans. Il était directeur d'une grande agence bancaire, et depuis, la famille de Coper a quitté la résidence qu'ils habitaient dans la vieille ville pour une petite maison en banlieue. Ils ont réduit le personnel aussi, et aujourd'hui, ils n'ont plus que la vieille dame qui a toujours travaillé pour leur famille, et une domestique, ce qui fait quatre personnes dans la maison. Ils reçoivent beaucoup moins de monde qu'à l'époque où le père était là, évidemment, et la maison est devenue bien triste. Le principal souci de la mère de Coper était justement que le caractère enjoué de Coper en soit abîmé. Alors, comment pourrait-elle le réprimander d'être un peu trop espiègle ?

Depuis qu'ils ont déménagé en banlieue, l'oncle de Coper, qui habite dans les environs, passe souvent les voir. C'est le frère cadet de sa mère. Il vient juste de finir ses études de droit. Coper va aussi souvent jouer chez son oncle. Ils s'entendent bien, tous les deux. On les voit souvent se promener dans le quartier, l'oncle, plus grand que la moyenne, et Coper, tout petit. Parfois, ils échangent des balles dans un pré.

C'est son oncle qui lui a trouvé son surnom. Un dimanche, Mizutani, un camarade de classe, était venu le voir. Son oncle se trouvait justement chez eux et Mizutani a remarqué que son ami se retournait chaque fois que son oncle l'appelait : « Coper ! Coper ! » C'est ainsi que ce surnom s'est transmis à l'école.

— Vous savez quoi ? Chez lui, Honda, on l'appelle Coper !

Et l'habitude est vite venue à tout le monde de l'appeler ainsi. Jusqu'à sa maman qui l'appelle parfois Coper, elle aussi.

Pourquoi Coper, me direz-vous ? Personne ne le sait. Aucun de ses amis, en tout cas. Ils trouvent ça marrant, alors ils l'appellent Coper, mais sans savoir ce qu'il y a derrière. Et si quelqu'un lui demande : « Pourquoi on t'appelle Coper, en fait ? », il se contente de sourire en se gardant bien de donner une explication. La seule chose qu'on peut dire, c'est que Coper a l'air assez content chaque fois que quelqu'un lui pose la question, comme qui dirait que ça lui fait plaisir. Evidemment, ça donne encore plus envie de savoir le fin mot de l'histoire.

Vous aussi, je suppose ? Eh bien, je vais vous le dire, je vais vous raconter l'origine du surnom de Coper. Et puis j'en profiterai pour vous raconter ce qui se passe un peu dans cette tête. Mais pour quoi faire ? Pourquoi vous dire tout ça ? Ma foi, je crois que vous le devinerez vous-même au fur et à mesure.

1

Une étrange expérience

Coper, qui n'était pas encore Coper, était en première année de collège. C'était un jour d'octobre de l'année dernière. Coper et son oncle se trouvaient sur la terrasse d'un grand magasin de Ginza.

Il tombait du ciel infiniment gris une bruine si fine qu'on ne pouvait distinguer s'il pleuvait ou pas. Le manteau de Coper, comme l'imperméable de son oncle, s'était couvert à son insu de fines gouttelettes argentées, comme un dépôt de gelée blanche. Coper observait en silence l'avenue de Ginza sous ses yeux.

Vue du septième étage, l'avenue de Ginza ressemblait à un étroit canal. Au fond, une quantité d'automobiles s'écoulaient sans cesse jusqu'à l'autre bout. Celles qui venaient de droite, de Nihonbashi, passaient rapidement en dessous pour se diriger vers Shimbashi. Celles qui venaient de gauche empruntaient le chemin inverse pour disparaître vers Nihonbashi. Les deux courants se frôlaient, parfois s'épaississant, parfois s'amoindrissant. Entre les deux, de temps à autre, passait un tramway langoureux. Il ressemblait à un jouet tellement il était petit et son toit était tout mouillé. Ou plutôt, les autos, l'asphalte de l'avenue, les arbres qui la bordaient, tout était complètement trempé et renvoyait la lumière du jour qui venait d'on ne sait où.

Coper regardait en bas sans dire un mot, quand les voitures lui firent penser à des insectes. Si les autos étaient des insectes, ce seraient des lucanes, assurément. Un troupeau de lucanes qui rampent ventre à terre, vont vers leurs affaires, et s'en retournent dès que celles-ci sont terminées. Je ne sais pas quelles affaires, mais il faut que ce soit quelque chose d'important. D'ailleurs, j'ai comme l'impression que l'entrée de leur nid se trouve du côté de Kyôbashi, là où l'avenue Ginza devient de plus en plus étroite avant de tourner à gauche entre les grands immeubles. C'est là qu'ils se cachent, l'un après l'autre. Un autre sort à la place, puis un autre, et l'échange se poursuit à toute allure. Un lucane noir, un autre lucane noir, encore un lucane noir, puis un bleu cette fois, puis un gris…

La bruine, fine comme de la poudre, tombait toujours. De plus en plus absorbé par les idées saugrenues de son imagination, Coper resta les yeux fixés sur Kyôbashi pendant un moment, puis il releva la tête. Devant lui, Tokyo floue et mouillée de pluie s'étendait à l'infini.

La mélancolie gagnait le cœur de Coper, qui se laissait peu à peu submerger par la grisaille et la tristesse de ce paysage sans limite. Où que portât le regard, les minuscules toitures en nombre infini reflétaient la lueur terne du ciel. Avec parfois des gratte-ciel qui, de leur hauteur, venaient déchirer l'horizontalité des toits. Et plus ils étaient loin, plus ils s'effilochaient sous la pluie, pour ne devenir finalement que de simples silhouettes de la couleur du ciel lui-même. C'était une humidité dense qui mouillait absolument tout, au point que même les pierres semblaient gorgées d'eau. On aurait dit que la ville était figée, noyée dans cette froide humidité.

Coper, qui est né et a grandi ici, à Tokyo, découvrait pour la première fois ce visage pesant et sinistre de la capitale. Du fond de l'humidité de l'air, une rumeur incessante sourdait et montait jusqu'à la terrasse au septième étage. Cette rumeur, les oreilles la percevaient-elles ou pas, il était presque difficile de le dire. Coper restait là sans raison, incapable de détacher les yeux de ce spectacle. Soudain, il sentit un changement s'opérer dans son esprit.

Autant vous l'avouer tout de suite, ce qui se produisit dans l'esprit de Coper à cet instant a un rapport avec l'origine de son surnom.

La première image qui passa devant ses yeux fut celle d'une mer sombre, frappée par la pluie. Peut-être était-ce un souvenir qui lui revenait, celui d'un voyage avec son père à Izu, pendant les vacances d'hiver. Et donc, alors qu'il regardait les contours incertains de la ville dans la bruine, celle-ci devint un océan où les immeubles de temps en temps se dressaient comme des récifs ou des rochers surgissant des flots. Le ciel au-dessus de la mer était bas et lourd. Dans l'imagination de Coper, indistinctement apparut l'idée qu'au fond de cet océan des humains vivaient.

A peine parvenue à sa conscience, cette pensée le fit frissonner. Sous cette infinité de toits accrochés là comme s'ils couvraient la totalité de la terre, de vrais gens vivaient, plus nombreux qu'il n'en pourrait compter. Bien sûr, c'était une évidence, mais en y repensant, il ne pouvait s'empêcher d'en ressentir comme un effroi. Dans cette portion d'espace qu'il avait actuellement sous les yeux mais qu'il ne pouvait justement pas voir, vivaient des centaines de milliers d'inconnus. Combien étaient-ils ? Et que faisaient-ils en ce moment même ? A quoi pensaient-ils ? Le monde était bien plus complexe, bien plus chaotique que tout ce qu'il pouvait imaginer. Un vieux avec des lunettes, une fille aux cheveux courts, une femme en chignon, un homme en tablier, un employé en costume-cravate… chacun dans son accoutrement particulier défilait devant les yeux de Coper et disparaissait aussitôt.

— Mon oncle, demanda Coper, dans l'espace que je peux voir d'ici, combien de gens y a-t-il, à peu près ?

— Ouh là... répondit son oncle pour commencer.

Lui non plus ne semblait pas avoir de réponse toute prête à cette question.

— Si je suppose que mon champ de vision couvre, disons, un dixième ou un huitième de la ville de Tokyo, ça doit faire un dixième ou un huitième de la population totale, non ?

— Pas si sûr, répondit son oncle avec un sourire. Si la population de Tokyo était répartie uniformément, ton calcul serait correct. Or, en fait, certains quartiers sont très densément peuplés, d'autres beaucoup moins. Par conséquent diviser la population totale par la proportion de l'espace que couvre ton regard ne suffit pas. De plus, la quantité de population varie énormément entre le jour et la nuit.

— Entre le jour et la nuit ? Bah, pourquoi ?

— Mais si, réfléchis. Toi et moi, nous habitons en banlieue, n'est-ce pas ? Et pourtant, en ce moment, nous sommes ici, en plein centre-ville. Mais cette nuit, nous serons rentrés chez nous. Je ne sais pas combien de personnes feront comme nous, mais ça en fait certainement beaucoup !

— ...

— Et encore, aujourd'hui, c'est dimanche. En semaine, dans les quartiers que tu vois d'ici, Kyôbashi, Nihonbashi, Kanda, Hongô, un nombre faramineux de gens arrivent tous les jours de l'extérieur de Tokyo. Le soir, ils repartent. Tu as déjà vu les trains de banlieue, les tramways et les bus à l'heure de pointe, tu sais comme ils sont bondés !

C'est vrai, se dit Coper.

— Si tu veux, reprit son oncle, c'est un peu comme une marée de plusieurs centaines de milliers de gens, peut-être d'un million de gens, qui monte puis qui se retire.

La pluie, comme un brouillard, avait continué de tomber sur eux en silence pendant leur conversation. Coper resta un moment sans rien dire, son oncle aussi, à regarder la ville au-dessous d'eux. Derrière la pluie qui voletait, la ville sombre se poursuivait à l'infini sans jamais laisser distinguer une forme humaine.

Et pourtant, là-dessous, plusieurs centaines de milliers d'individus, plus d'un million peut-être, menaient leur vie chacun avec leurs idées en tête, chacun avec leurs occupations. Et tous les matins, tous les soirs, ils arrivaient puis s'en allaient, comme la marée.

Coper se sentit emporté au milieu d'un immense tourbillon.

— Mais alors…

— Oui ?

— Les hommes…

Coper se sentit rougir de prononcer une phrase aussi idiote. Mais il surmonta sa gêne.

— C'est comme si les hommes étaient des molécules d'eau, alors ?

— Oui. Si tu compares la société humaine à une mer ou à un fleuve, alors les hommes sont comme les molécules d'eau de cette mer ou de ce fleuve.

— Et toi aussi, mon oncle !

— En effet. Comme toi aussi. Une toute petite molécule, même.

— Arrête de te moquer de moi ! D'ailleurs, il vaut mieux être petit pour être une molécule. Toi, déjà, tu es trop grand !

Et Coper regarda tout en bas. Des autos, des autos et encore des autos. Ah ! Dans chacune de ces lucanes-automobiles se trouvaient aussi des humains.

Soudain, au milieu du flot des voitures, Coper remarqua une bicyclette. Ce devait être un jeune garçon. Son manteau trop grand pour lui était trempé de pluie. Il regardait sur le côté, il regardait derrière, surveillant les voitures qui le dépassaient, tout en pédalant de toutes ses forces. Il ne se doutait évidemment pas que Coper le regardait de tout là-haut, il roulait sur l'asphalte glissant, évitant les voitures sur sa gauche, sur sa droite.

Tout à coup, une auto grise en dépassa deux ou trois autres et se rapprocha à toute vitesse.

Attention ! cria intérieurement Coper du haut de la terrasse.

Il avait eu peur que le vélo se fasse renverser par la voiture. Mais le garçon fit habilement un écart et la laissa passer. Puis il rétablit son équilibre et repartit en pédalant de plus belle. A chaque coup de pédale, on pouvait mesurer la force qu'il y mettait aux grands mouvements de son corps qui le faisaient se balancer d'un côté, puis de l'autre.

Pour quelle affaire urgente cet apprenti ou ce commis de boutique se dépêchait-il tant ? Coper l'ignorait. Mais il continua de le suivre des yeux, quand bien même il lui était parfaitement inconnu. En revanche, le garçon à vélo, lui, ne se savait absolument pas observé. Cela causa une impression étrange à Coper. Quand ils étaient venus tout à l'heure à Ginza en voiture, ils étaient passés précisément à cet endroit.

— Mon oncle, tout à l'heure… dit Coper en montrant du doigt vers le bas, quelqu'un nous regardait peut-être aussi, quand nous sommes passés !

— Oui, c'est possible, comment savoir ? Je dirais même, il est possible que quelqu'un nous regarde en ce moment même d'une de ces fenêtres.

Coper jeta un coup d'œil circulaire sur les immeubles alentour. Il y avait tellement de fenêtres, partout, et tellement d'immeubles ! Ce que venait de lui dire son oncle lui donnait maintenant l'impression que chacune de ces fenêtres l'observait. Mais la pâle lueur du jour qui se reflétait sur les vitres leur donnait la brillance du mica. Impossible de dire si des humains se trouvaient derrière, et encore moins s'ils regardaient de son côté.

Et pourtant, Coper ne pouvait plus s'ôter de l'idée que quelqu'un, quelque part, l'observait en secret. Il en venait même à imaginer le reflet de lui-même dans cet œil qui le regardait. Et il se voyait sur la terrasse au septième étage de cet immeuble gris, tout petit, si petit !

Il se sentit frappé d'un sentiment étrange. Lui en train de voir, lui en train d'être vu, lui en train de voir qu'il était vu, lui en train de se regarder, de loin… Tous ces « lui-même » qui se superposaient dans sa tête lui donnaient le vertige. C'était comme une houle qui venait battre sa poitrine. Non, c'était lui-même qui était agité comme une houle.

La grande ville qui s'étendait devant lui avait atteint le point culminant de la marée haute. Et Coper, sans s'en apercevoir, était devenu une simple goutte d'eau de cette immense océan.

Il resta un long moment silencieux, les yeux dans le vague.

— Que t'arrive-t-il ? lui demanda son oncle au bout d'un certain temps.

Coper eut la tête de celui qui se réveille au milieu d'un rêve. Il regarda son oncle et rit d'un air embarrassé.

Quelques heures plus tard, Coper et son oncle se trouvaient dans un taxi, en direction de la maison. Après le grand magasin, ils étaient allés regarder les actualités cinématographiques, et en fin d'après-midi, ils avaient attrapé un taxi pour rentrer. A cette heure, le jour déclinait déjà fortement. La pluie tombait toujours. Dans la lumière des phares, la bruine tremblotait.

— A quoi pensais-tu tout à l'heure ?

— Quand ça ?

— Sur la terrasse du grand magasin. Tu avais l'air plongé dans tes pensées.

Comment répondre à cette question ? se demandait Coper. Aussi resta-t-il un moment sans rien dire. Son oncle n'insista pas. La voiture roulait à vive allure sur la route sombre.

— Cela m'a fait une impression étrange, dit Coper au bout d'un certain temps.

— Quoi donc ?

— Quand tu as parlé d'une marée humaine qui montait et descendait.

Son oncle fit une tête qui signifiait qu'il ne comprenait pas. Alors soudain Coper déclara, d'une voix parfaitement claire :

— Tu as raison, mon oncle, les hommes sont comme des molécules. C'est bien ce que j'ai ressenti, aujourd'hui.

Dans la faible lumière des phares, l'oncle écarquilla les yeux. Le visage de Coper reflétait une tension plus vive que d'habitude.

— Je vois, dit l'oncle, avant de rester un moment à réfléchir. Eh bien, retiens bien cette idée, reprit-il à mi-voix. Parce que tu viens de dire quelque chose de capital.

Le soir même…

L'oncle de Coper, dans son bureau, chez lui, resta éveillé jusque tard à écrire. De temps à autre, il s'arrêtait et allumait une cigarette pour réfléchir, puis se remettait au travail. Au bout d'une heure à une heure et demie de cette activité, il posa son stylographe et referma le cahier sur lequel il écrivait. Un cahier grand format à la couverture de toile lie-de-vin.

Il attrapa la tasse de thé qui était posée depuis le début sur son bureau, but d'une traite le thé depuis longtemps froid, s'étira les articulations et se gratta la tête. Puis il alluma une cigarette et fuma lentement à grandes bouffées. Peu après, il ouvrit le tiroir du bureau et rangea le cahier à l'intérieur. Il éteignit la lumière et se dirigea à pas pesants vers sa chambre.

Peut-être devrions-nous jeter un coup d'œil sur ce cahier. Car, à vrai dire, c'est dans ce cahier qu'est cachée la raison pour laquelle Honda Junichi est devenu Coper.

LE CAHIER DE L'ONCLE

Sur la façon de voir les choses

Cher Junichi,

Tout à l'heure dans le taxi, tu m'as dit : « Tu as raison, les hommes sont comme des molécules. » Tu ne t'en es peut-être pas rendu compte, mais tu avais vraiment l'air sérieux en disant cela. Et à cet instant tu étais extraordinairement beau. Mais si ce n'était que cela, cela n'aurait pas eu de quoi m'émouvoir particulièrement. C'est qu'il commence à réfléchir réellement aux choses ! me suis-je dit, et ça, tu ne peux pas savoir à quel point cela a fait vibrer mon cœur.

C'est exact, comme tu l'as bien senti, chaque homme pris individuellement est une molécule de l'immense société humaine. Le monde est constitué de l'ensemble de toutes ces molécules, et nous sommes mus par les ondes qui agitent ce monde.

Bien entendu, ce que j'appelle les ondes du monde sont elles-mêmes constituées de l'ensemble de tous les mouvements des molécules élémentaires, et les hommes ne fonctionnent pas de la même façon que les molécules des corps matériels qui les entourent, cela, tu auras l'occasion de le découvrir au fur et à mesure que tu grandiras. Mais tu t'es toi-même vu comme une molécule d'un monde immense, et ça c'est déjà une découverte remarquable.

Tu as entendu parler de Copernic et de sa théorie selon laquelle la Terre tourne autour du soleil, je pense. Avant, on pensait que le soleil et les étoiles tournaient autour de la Terre, on le croyait simplement parce que c'est ce que l'on voyait. On le croyait aussi parce que c'était ce qu'enseignait l'Eglise chrétienne, que la Terre était le centre de l'univers. Et même, au-delà, l'homme s'est toujours considéré comme au centre des choses, c'est dans sa nature.

Copernic, jugeant que certaines observations astronomiques demeuraient inexplicables par les raisons enseignées jusque-là, après d'intenses réflexions, a osé émettre l'idée que c'était peut-être la Terre qui tournait autour du soleil. Vus sous cet angle, ces faits qu'il n'arrivait pas à expliquer jusque-là s'ordonnaient selon des principes simples et clairs. C'est ce qu'on a appelé l'héliocentrisme. Plus tard, d'autres savants, comme Galilée ou Kepler, ont démontré que ses idées étaient justes, et aujourd'hui, elles paraissent évidentes à tout le monde. Au point que la théorie héliocentrique est maintenant enseignée à l'école primaire.

Or, comme tu le sais, la proposition de Copernic a d'abord été jugée scandaleuse. L'Eglise, très arrogante à cette époque, déclara que cette théorie qui contredisait son enseignement était une dangereuse hérésie à combattre. Les savants qui la soutenaient furent jetés en prison, les livres qui la diffusaient furent brûlés. Les gens ordinaires, en ce qui les concerne, n'avaient certes pas envie de se faire persécuter pour une idée, d'ailleurs, très peu avaient envie de croire que la Terre où ils vivaient tranquillement était en train de tourner dans l'univers. Au contraire, cela paraissait une idée effrayante. Il a fallu énormément de temps, des siècles en fait, avant que tout le monde, jusqu'aux écoliers, la considère comme une vérité scientifique.

Mais une chose est sûre, l'homme a toujours tendance à voir les choses de son point de vue, comme s'il était au centre de tout, c'est quelque chose de profondément ancré en lui.

Ces deux façons de penser – croire que la Terre est solidement installée au centre de l'univers, ou bien, comme Copernic, croire qu'elle n'est qu'une planète qui tourne dans l'univers immense – ne s'opposent pas seulement en astronomie. On les retrouve dès qu'on réfléchit à la façon dont fonctionne la société humaine, aux règles de la vie en société.

Tout le monde, pendant son enfance, commence par avoir une pensée géocentrique, c'est naturel. Réfléchis à la vision du monde d'un enfant. Les enfants structurent leur être à partir de ce qu'ils voient autour d'eux. La grande rue du tramway se trouve à gauche en sortant de chez moi, de l'autre côté, c'est la poste. Au coin de la rue il y a le marchand de légumes. En face, c'est la maison de Shizuko, à côté, c'est celle de San-chan. Bref, je situe mon environnement en partant de ma maison. Les gens que je connais aussi : telle personne travaille dans la banque de mon père, telle autre est une cousine éloignée de ma mère, et ainsi se dessine un univers dont j'occupe le centre.

C'est au moment où l'on commence à devenir adulte que l'on s'ouvre petit à petit à une pensée plus héliocentrique. Le monde extérieur gagne en importance, on commence à comprendre tout un tas de choses. On arrive à se figurer les lieux au seul nom de la ville ou du département, sans avoir à les repérer par rapport à sa maison, les gens s'individualisent, le patron de telle banque, le directeur de tel établissement scolaire, et cela suffit pour savoir de qui il s'agit.

Cette façon de penser, à vrai dire, reste vague, même chez les adultes. L'homme reste fondamentalement centré sur lui-même, pour réfléchir comme pour prendre des décisions. Tu t'en apercevras quand tu seras adulte, les personnes qui ont réussi à sortir d'un mode de pensée égoïste sont extrêmement rares. Dès que des questions d'intérêt entrent en jeu, en particulier, il est très difficile de se mettre soi-même à distance avant d'émettre un jugement. Seules quelques personnes éminemment remarquables s'avèrent capables de conserver une pensée « copernicienne » dans ce type de situation. La majorité des gens ne voient pas plus loin que le bout de leur nez, s'embrouillent dans des réflexions de courte vue, si bien que la globalité de la situation leur échappe et qu'ils s'arc-boutent sur leurs petits avantages personnels.

Malheureusement, tout comme l'homme ne peut rien connaître des vérités de l'univers tant qu'il se cramponne à l'idée que la Terre occupe le centre du monde, juger des choses selon un point de vue égoïste empêche de saisir les vérités de la société humaine. Les vérités générales, ces gens-là ne les voient jamais. Bien sûr, dans le langage quotidien, nous continuons à dire « le soleil se lève » et « le soleil se couche ». Parce que cela ne porte pas à conséquence pour la vie de tous les jours. Mais pour comprendre les grandes vérités de l'univers, il faut abandonner cette façon erronée de voir les choses. Eh bien, c'est la même chose pour comprendre les grandes lois de la société.

C'est pourquoi ce sentiment que tu as eu aujourd'hui d'être une molécule au sein du monde des hommes est, j'en suis persuadé, d'une importance considérable. Dans mon cœur, je forme le vœu que ton expérience d'aujourd'hui laisse une trace profonde dans ton esprit. Ce que tu as senti, la façon de penser que tu as expérimentée aujourd'hui, porte en soi une signification d'une extrême profondeur. Elle marque le passage d'une vision « géocentrique » à une vision « héliocentrique ».

Le cahier ne finissait pas là, l'oncle avait encore écrit bien des choses compliquées. Mais vous en avez appris suffisamment pour comprendre pourquoi Junichi a pour surnom Coper. C'est tout simplement son oncle qui s'est mis à l'appeler Copernic, de façon à ce que l'expérience de ce jour-là reste gravée dans son esprit. Puis il a raccourci Copernic en Coper, parce qu'il faut avouer que c'est tout de même plus simple comme surnom !

Vous comprenez aussi pourquoi Coper est très fier quand un ami lui demande l'origine de son surnom : il n'a aucune raison d'être fâché de porter le nom d'un aussi important personnage !

2

Un ami courageux

Coper se sent pleinement vivant dans le vaste monde, et c'est très bien. Néanmoins, pour l'instant, il n'est encore qu'un élève en première année de collège. En fin de compte, le champ de ses interactions quotidiennes se limite à ses camarades de classe. Mais ce groupe de camarades constitue déjà bien en lui-même une société humaine.

Au sein de cette société humaine, Coper est particulièrement proche de deux individus. Le premier est Mizutani. Ils sont dans la même classe depuis le primaire et vont souvent jouer l'un chez l'autre depuis cette époque. Le second, c'est celui qu'on appelle Gatchin, Kitami de son vrai nom.

Coper et Gatchin sont toujours côte à côte en classe. Ils ne manquent donc pas d'occasions de se parler. Et pourtant, au début, Coper ne l'aimait pas beaucoup, ce Kitami. Mizutani est élancé, avec un beau visage, toujours calme et pondéré, voire réservé, un peu l'air d'une fille quelque part. Kitami, c'est tout l'inverse : de petite taille, comme Coper, mais râblé comme un bouledogue. Et puis, Kitami et la pondération, ça fait deux. Il faut toujours qu'il donne son avis sur tout, et pas question de le faire revenir en arrière.

— Vous pouvez dire ce que vous voulez, mais non, c'est non.

Quand il en est à sortir ce genre de phrase, vous ne lui ferez plus entendre raison. Or, « Vous pouvez dire ce que vous voulez » était sa phrase préférée. Et il se braquait si souvent que, tout naturellement, il était devenu Gatchin. *Gatchin*, c'est le bruit que fait une serrure qui se ferme à clé et c'est fini, vous pouvez dire ce que vous voulez, vous n'entrerez plus. Pour Coper, Kitami était tellement *gatchin* qu'au début il n'avait pas cru pouvoir s'en faire un ami.

Puis il était apparu que Gatchin, entêté peut-être, n'en était pas moins un type assez épatant… Un jour, sur le chemin de retour de l'école, Coper, Gatchin et quelques autres camarades discutaient d'électricité, de ce que c'est que le courant électrique « pour de vrai ». Pour Kitami, il était hors de question que quelque chose puisse *couler* comme un *courant* dans un corps solide et métallique comme les câbles électriques. L'électricité devait donc être une sorte de vibration qui se propageait comme le son. Coper, lui, savait que les électrons, beaucoup plus petits que les atomes, circulaient dans le câble, et que c'était ça, le *courant* électrique. Il avait donc dit à Kitami que sa façon de penser était erronée. Et évidemment, Kitami n'avait rien voulu entendre.

— Non, tu as dû mal lire ou mal comprendre. Parce que, primo, il n'y a pas de place à l'intérieur du fil de cuivre pour passer. Ce n'est pas possible, ça. Vous pouvez dire ce que vous voulez, non, c'est non.

Coper lui avait donc ressorti tout ce qu'il avait appris dans les livres de physique et les magazines scientifiques qu'il avait lus sur la structure de la matière. Que toute matière est constituée d'atomes, si petits qu'on ne peut même pas les voir au microscope, que les atomes sont eux-mêmes constitués de particules encore plus petites, comme les électrons, et que, bref, même si dans la vie normale nous pensons que la matière est pleine et dénuée de vide, en réalité elle est au contraire pleine de vide, même que c'est pour cela que des ondes très très petites comme les rayons X peuvent traverser des substances que la lumière ordinaire ne peut pas traverser.

— Mouais…

Gatchin n'avait pas l'air convaincu. Alors Coper s'était arrêté et avait sorti de sa besace le livre *Une histoire de l'électricité* qu'il avait justement avec lui et avait montré à Kitami l'explication sur le courant électrique. Un livre écrit par un docteur en sciences, quand même.

— Hum.

Et Kitami s'était mis à lire en pleine rue le passage que Coper venait de lui indiquer. Tout le monde était arrêté et attendait la réaction de Kitami, qui avait enfin levé la tête du livre et avait dit :

— D'accord. Eh bien, vous pouvez me dire ce que vous voulez... mais c'est quand même moi qui me gourais complètement.

Sa réplique avait provoqué un éclat de rire général. Coper, comme les autres, avait tout de suite trouvé Gatchin beaucoup plus sympathique.

Pourtant cela avait pris encore quelque temps avant qu'ils deviennent vraiment copains. Il avait fallu pour cela « l'affaire Aburaage ».

Une histoire que Coper n'est pas près d'oublier, elle non plus.

Un jour, au moment d'entrer en classe, Hori était venu se coller contre Coper et lui avait dit à voix basse :

— Tu sais, maintenant, Urakawa, on l'appelle Aburaage.

— Ah bon ?

Tiens, c'est nouveau, ça, avait pensé Coper.

— Et pourquoi ? avait-il demandé.

Hori était connu pour être bavard. Un sourire vicieux aux lèvres, il s'était fait un plaisir de répondre à la question.

— Tous les jours, pour son repas de midi, Urakawa a de l'*aburaage* avec son riz. Et pas de l'*aburaage* cuisiné, non : cru !

— Hum.

— Depuis la rentrée, il n'a eu autre chose à manger que quatre fois en tout. D'ailleurs, dès que tu passes à côté de lui, il sent l'*aburaage*, pas vrai ?

— Et comment tu sais ça, toi ?

— Eh bien, reprit Hori à voix basse, en jetant un coup d'œil aux alentours, tu le gardes pour toi, mais c'est Yamaguchi, il est assis à côté de lui, alors tous les jours, il l'observe discrètement. Et il me l'a raconté et aux autres copains de son groupe. Mais tu fais gaffe, hein, c'est encore confidentiel. Ne va pas dire que c'est moi qui te l'ai dit, surtout. Urakawa ne s'est encore aperçu de rien.

Coper avait tout de suite trouvé cette histoire puante. Déjà, il y avait quelque chose de répugnant à épier tous les jours ce que son voisin avait à manger dans sa boîte-repas. Sans parler de ceux qui ne trouvaient rien de plus intéressant à faire qu'à inventer un surnom et à faire passer le mot. Comme beaucoup, Coper détestait l'*aburaage*. Quand il en trouvait dans un plat, il le laissait sans y toucher. Alors évidemment, imaginer que quelqu'un comme Urakawa, lui, en mangeait tous les jours, cela ne manquait pas de titiller sa curiosité, c'est vrai. Mais à l'idée qu'Urakawa se retrouvait avec ce surnom à cause de la boîte-repas qu'il apportait tous les jours de chez lui pour déjeuner, à son insu qui plus est, il le trouvait plutôt à plaindre. Il n'avait aucune envie de se joindre à Hori ou aux autres de la classe pour rire à ses dépens. Déjà que le pauvre Urakawa était la risée de la classe à longueur d'année…

C'est vrai, si vous voyiez la façon dont Urakawa est fagoté, vous aussi vous vous diriez qu'il n'y a rien d'étonnant à ce qu'il soit la risée de la classe. Il est de taille moyenne, mais très dégingandé, si bien qu'il a l'air de flotter dans ses vêtements trop amples. Inversement, sa casquette est toute petite et il la porte serrée sur la tête comme un calot de soldat. De plus, il n'est vraiment pas doué en sport, qu'il coure ou lance une balle, dans n'importe quelle activité physique, il est empoté comme un personnage de manga, il rate tout ce qu'il fait. En gymnastique, assez souvent, même le prof éclate de rire. A la barre fixe, il n'arrive même pas à lever le pied pour toucher la barre, alors évidemment il n'a jamais réussi à monter dessus. Il hisse pesamment les fesses jusqu'à mi-chemin, mais retombe aussitôt car il n'arrive pas à maintenir l'impulsion. Alors il retente, et retombe pareil. Il fait vraiment pitié, le pauvre gars. Quand vous voyez Urakawa agiter les pieds agrippé à la barre fixe, vous êtes pris de pitié pour lui, mais vous ne pouvez pas vous empêcher non plus de vous tenir les côtes de rire. Alors, en désespoir de cause, le professeur finit par lui soulever les fesses afin qu'il enjambe la barre tant bien que mal.

Si encore il excellait dans les autres matières, on ne se moquerait sans doute pas de lui à ce point.

Malheureusement pour lui, ce n'est pas vraiment une flèche. En fait, il est surtout un spécialiste reconnu de la somnolence en classe. La seule matière dans laquelle même les plus gros bosseurs ne lui arrivent pas à la cheville, c'est la lecture de textes classiques chinois. Pour la lecture de textes chinois, il a de loin les meilleures notes de la classe, il sait même lire au débotté les textes « muets », c'est-à-dire dépourvus d'annotations diacritiques. Et pourtant, son goût pour les textes anciens chinois et sa maîtrise de cette redoutable technique de lecture ne sont pas considérés par ses condisciples comme un talent, tout au plus comme un truisme plaisant mais trivial : les nuls en anglais ou en maths sont bons en chinois, tout le monde sait cela.

Toute la classe ou presque se moquait donc d'Urakawa. Et ceux qui avaient le goût des mauvaises plaisanteries n'en rataient pas une : voir la tête d'Urakawa dans les choux semblait être un vrai bonheur pour eux.

— Urakawa, tu as quelque chose de collé sur la poitrine !

Urakawa ne manquait pas de plonger du menton pour essayer de voir ce qu'il pouvait y avoir sur sa veste, cela dégageait un intervalle entre sa nuque et le col de son uniforme, par lequel un autre en profitait pour verser du sable.

Pendant le cours de calligraphie, il suffisait qu'Urakawa se lève un court instant : à tous les coups, son pinceau avait disparu à son retour. Naïvement, Urakawa se baissait pour le chercher sous son bureau…

— Urakawa, que faites-vous ? demandait le professeur mécontent.

Urakawa, bien embarrassé, tardait un peu à répondre.

— C'est mon pinceau qui…

— Eh bien, quoi donc, votre pinceau ?

— Je ne le trouve plus.

— Cherchez mieux, voyons, vous l'aviez en main il y a une minute !

Urakawa était donc obligé de regarder de nouveau sous son bureau où il savait pertinemment que son pinceau n'était pas, pendant qu'une main tendue, de devant ou sur le côté, remettait le pinceau à sa place sur son bureau, où Urakawa le retrouvait dès qu'il se redressait. Qui lui avait fait le coup ? Il ne le saurait jamais, autour de lui, tout le monde était plongé dans la calligraphie avec un zèle irréprochable.

— Alors, ce pinceau, Urakawa, l'avez-vous retrouvé ? demandait le professeur.

— Oui, m'sieur, il était sur la table.

— Vous êtes décidément très étourdi, Urakawa, il faudra voir à corriger cela…

Finalement, c'est lui qui se faisait chapitrer.

Si tout le monde se moquait d'Urakawa, ce n'était pas seulement à cause de sa mise comique ou de ses capacités scolaires médiocres. Sa démarche, ses affaires, mais aussi sa façon de rire et même sa façon de parler, tout chez lui faisait pauvre, rustaud, campagnard. Ses parents étaient fabricants de tôfu. Les autres élèves de la classe étaient presque tous des fils d'industriels en vue, de professeurs d'université, de médecins, d'avocats. Parmi ce beau monde, le milieu d'origine d'Urakawa ne faisait pas le poids. Il n'y avait que lui dans la classe à porter un col lavé à la maison et non pas à la blanchisserie, à avoir un mouchoir fait dans une moitié de vieil essuie-main.

Si l'on parlait de base-ball au stade de Jingû, Urakawa ne connaissait que les tribunes du champ extérieur, il n'avait jamais assisté à un match depuis les tribunes du champ intérieur, celles d'où l'on voit les joueurs de plus près. Pareil concernant le cinéma. Il ne connaissait que les cinémas de quartier, alors que les autres fréquentaient les salles les plus huppées du centre-ville. Tout juste s'il allait à Ginza une ou deux fois par an, il ne connaissait presque rien, sans parler de villégiatures d'été, de stations de ski ou de sources thermales, là, il ne pipait plus un mot. Dans ces conditions, comment s'étonner qu'il ait quelques difficultés à s'intégrer, n'est-ce pas ?

Car, bien sûr, Urakawa ressentait douloureusement et tristement le fait d'être tenu à l'écart et de subir les mauvaises blagues des autres. Mais, qu'il montre sa douleur et sa tristesse, qu'il exprime le moindre ressentiment de se voir traité ainsi, et il pouvait être sûr que les mauvaises blagues ne feraient qu'empirer. Aussi s'efforçait-il dans la mesure du possible de les éviter. Quoi qu'on lui fasse subir, il laissait passer, couvrant son sentiment misérable d'un sourire triste et gentil. Cela commençait à être interprété par les autres comme le fait qu'on pouvait lui faire n'importe quoi, il ne se fâcherait jamais. Les blagues devenaient de plus en plus lourdes. L'attitude d'Urakawa ne changeait pas. Certes, il ne riait pas quand c'était vraiment méchant, mais il se contentait de regarder fixement son interlocuteur, la gorge serrée, et s'éloignait d'un air résigné. Son regard était plein de chagrin, mais jamais il n'exprimait le moindre soupçon de haine.

« Je ne vous veux aucun mal. Je ne cherche absolument pas à vous déranger, disaient les yeux d'Urakawa quand il regardait ses tourmenteurs. Alors pourquoi me martyrisez-vous ? Pour l'amour du ciel, laissez-moi tranquille ! »

Et ce regard dépourvu de haine mettait mal à l'aise au moins ceux qui n'étaient pas de vrais méchants. Au contraire, il arrivait à leur donner un remords inconscient de leurs mauvaises actions. De fait, certains, qui s'en étaient pris une ou deux fois à lui, plus sous l'influence de certains camarades que par réelle malveillance, avaient rapidement cessé de le faire. Seuls Yamaguchi et sa bande avaient persisté à lui tourner autour et à inventer de nouvelles farces cruelles.

C'est dans ce contexte que s'était produite l'affaire. A l'automne dernier.

En novembre, une réunion de classe avait été décidée pour organiser le déroulement de la fête de l'école. Le délégué de classe avait préparé le programme de la réunion dans ses grandes lignes : après le Mot d'ouverture, il faudrait traiter des postes suivants, dans l'ordre : Discours, Lecture publique, Concert, avant de passer à Questions Diverses, Boissons et Petits Fours, et enfin Clôture. Pendant le cours du professeur principal, M. Okawa, la leçon fut donc interrompue pour procéder à l'élection des organisateurs.

Le professeur distribua les bulletins de vote, demanda à Kawase, le chef de classe, de ramasser tous les bulletins à l'issue du vote, puis quitta la classe en disant qu'il avait quelque chose à faire. Il ne manqua pas de recommander à tous de rester tranquilles pour ne pas déranger les classes voisines qui étaient certainement en cours.

Chacun commença à réfléchir à qui pourrait prononcer un discours le jour de la fête. Coper, comme ses camarades, resta un moment crayon en main. C'est alors qu'un « télégramme » se mit à circuler. Un télégramme, c'est un message sur un morceau de papier que l'on fait circuler discrètement sous les tables pendant un cours. Et comme en l'occurrence le professeur était absent, le télégramme n'avait même pas besoin de circuler sous les tables. Le message passait au vu de tous et disait : *On n'a qu'à voter Aburaage pour le discours !*

Le message n'était pas signé mais il ne faisait pas de doute qu'il émanait d'un des membres de la bande à Yamaguchi. Obliger Urakawa à monter sur l'estrade pour lire un discours, c'était se donner l'occasion de rire et de se moquer de lui devant toute l'école. Après avoir jeté un coup d'œil sur le message, Coper le transmit à son voisin. Sans avoir aucunement l'intention de se conformer à la suggestion.

Le morceau de papier passa ainsi de table en table. Coper était toujours immobile devant son bulletin de vote et hésitait encore sur le nom qu'il voulait inscrire quand, soudain, il lui vint à l'idée que le morceau de papier de tout à l'heure allait finir par passer par Urakawa lui-même. Et celui-ci, évidemment, serait blessé quand il découvrirait qu'on lui donnait le surnom d'Aburaage.

« Mais bien sûr, c'est exactement ce qu'ils cherchent : Yamaguchi et compagnie veulent le voir se décomposer quand il comprendra. C'est son humiliation qu'ils cherchent. »

Cela lui était venu tout à coup. Alors il releva la tête et chercha des yeux où était à présent le télégramme. Il l'aperçut qui se baladait à quelques places d'Urakawa, avant d'arriver dans ses mains quelques instants plus tard. Coper était dans le fond, il ne pouvait voir le visage d'Urakawa, mais il le vit hocher légèrement la tête d'un air de ne pas comprendre de quoi il s'agissait. Yamaguchi, son voisin, se retourna alors vers ses copains du fond de la classe et les regarda avec une grimace en tirant la langue. Urakawa, sans comprendre, passa le télégramme à son voisin de derrière. Nouvelle grimace de Yamaguchi.

Quand le télégramme eut fait le tour complet de la classe, il arriva entre les mains de Yamaguchi qui joua les andouilles et lut à haute voix le message.

— *On n'a qu'à voter Aburaage pour le discours*… Mais c'est qui, Aburaage ?

Des petits rires s'élevèrent de-ci de-là. Yamaguchi paradait.

— … Non, mais c'est qui ? Dis, Urakawa, tu as une idée, toi ?

Urakawa paraissait clairement gêné. Il se tourna, déconcerté, vers Yamaguchi et répondit :

— Je n'en sais rien.

Les copains de Yamaguchi éclatèrent de rire, suivis par quelques autres. En entendant une bonne partie de la classe rire à ce qu'il venait de dire, Urakawa changea de couleur, comme s'il venait de comprendre : le commerce de ses parents, sa boîte-repas quotidienne ! Evidemment, Aburaage, c'était lui !

Il se mit à rougir à vue d'œil. Jusqu'aux oreilles, même Coper put le voir.

A cet instant précis, il y eut un bruit de chaise. C'était Kitami, alias Gatchin, qui s'était levé.

— Yamaguchi ! Tu n'es qu'un lâche ! cria-t-il, débordant de colère. Ça te va bien de t'en prendre aux plus faibles que toi !

Yamaguchi regarda Kitami du coin de l'œil et émit un ricanement, le menton en avant. Kitami, comme s'il ne pouvait plus se retenir, quitta sa place et vint à grands pas sur lui.

— Arrête de faire semblant, c'est toi qui as inventé ce surnom, je le sais.

— Ah ouais ? Moi, je ne le sais même pas.

— Alors c'était quoi, tes grimaces et tes façons de tirer la langue, tout à l'heure ?

— Occupe-toi de tes affaires !

Il n'avait pas fini sa phrase que Kitami lui envoyait une gifle. Yamaguchi pâlit et lui lança un regard haineux avant de cracher sur lui. Il atteignit Kitami en pleine figure.

— Ah, c'est comme ça…

Le bouledogue sauta violemment sur Yamaguchi. Les deux garçons tombèrent l'un sur l'autre, entre les tables et les chaises renversées. Yamaguchi était sur le dos, écrasé par Kitami qui le chevauchait, car il avait beau être plus grand, pour la force physique il ne faisait pas le poids. Il se débattit et essaya de le repousser, en vain, et se prit rapidement une volée de coups. Kitami le maintenait au collet et le secouait de haut en bas. A chaque aller-retour, la tête de Yamaguchi cognait contre le plancher.

Coper s'était levé et dressé sur la pointe des pieds pour mieux voir. Malheureusement, l'instant suivant, toute la classe était debout. Tout le monde se précipita pour faire cercle autour des deux adversaires. Coper aussi, sauf que la haie humaine l'empêchait de voir. Lorsqu'il réussit à jouer des coudes et à se faufiler pour se rapprocher, il fut saisi par le spectacle de Yamaguchi sur le dos dans l'espace étroit entre deux tables, toujours maintenu à terre par Kitami et portant sur lui un regard de haine terrible. Kitami pesait sur lui de tout son poids. Mais Urakawa était maintenant dans son dos et le tenait à bras-le-corps.

— Kitami, laisse tomber ! Ce n'est pas la peine, laisse !

Kitami était prêt à continuer de frapper Yamaguchi, mais Urakawa, au bord des larmes, l'en empêchait de toutes ses forces.

— Je t'en supplie, laisse-le !

Kawase, le chef de classe, essayait lui aussi de calmer Kitami qui retournait à Yamaguchi son regard haineux sans rien dire, la respiration rauque.

C'est alors que la voix du professeur se fit entendre.

— Mais que se passe-t-il ici ?

Toute la classe fit silence et se regarda.

— Tout le monde à sa place !

Chacun regagna son bureau, Kitami relâcha Yamaguchi et se leva. Il saignait d'une main.

Même maintenu à terre, Yamaguchi lui avait planté ses ongles dedans de toutes ses forces. Il retourna à sa place dans un état de colère noire.

M. Okawa reprit la parole :

— Qu'est-ce que cela veut dire ? Je croyais pourtant vous avoir avertis. Il suffit que je m'absente quelques minutes pour que vous chahutiez ! Est-ce cela que nous appelons de dignes et braves élèves d'enseignement secondaire, messieurs ? Je ne comprends pas qu'un tel tumulte se produise alors que les autres classes sont en cours pendant ce temps-là ! Je suis extrêmement déçu par votre attitude.

Puis il regarda alternativement Yamaguchi et Kitami.

— La violence physique n'est pas un procédé admis entre individus humains ! Pourquoi vous battiez-vous ?

Mais aucun des deux ne répondit.

— Eh bien, vous me raconterez cela plus tard. Alors, dites-moi, lequel des deux a commencé ? Sur ce point, j'exige une réponse !

— C'est moi, répondit Kitami sans hésitation.

— Vraiment ? Kitami, c'est vous qui avez commencé cette bagarre ? N'y avait-il pas moyen de vous expliquer verbalement ?

— Je ne crois pas.

— Qu'a-t-il bien pu se passer pour vous faire perdre patience ? Je ne veux pas croire que vous en soyez venu aux mains sans raison.

— …

— Parlez donc, voyons ! Pourquoi avoir recouru à la violence ?

— …

Kitami ne répondait plus à aucune question.

— Je vous prie de me répondre, ne cachez rien ! Vous êtes quand même responsable d'avoir provoqué cette bagarre et causé ce tumulte. Bon, vous êtes encore jeune. Votre éducation n'est pas achevée. Si vraiment quelque chose vous a mis en colère au point de ne pas pouvoir vous contenir, je ne vous en tiendrai pas rigueur. Si une raison acceptable existe, il conviendra de faire un peu plus attention dans l'avenir mais cela n'ira pas plus loin pour cette fois. Alors, vous pouvez m'expliquer sincèrement.

Mais Kitami restait muet, les yeux baissés. Coper ne comprenait pas pourquoi il ne disait rien. S'il expliquait les choses telles qu'elles s'étaient passées, la lâcheté de Yamaguchi et des autres apparaîtrait en pleine lumière et il éviterait de se faire punir, pensait-il.

— Vous ne pouvez pas le dire, c'est ça ? Je vois. Eh bien, monsieur Kawase, alors, vous allez me raconter ce que vous avez vu.

Mais la cloche sonna la fin de l'heure exactement à ce moment-là. Le professeur demanda à Yamaguchi, Kitami et Kawase de rester et aux autres de sortir.

Une fois sur le terrain de sport, Coper se demandait comment l'interrogatoire du professeur allait se terminer. Il passa l'heure à parler avec Mizutani sous le paulownia près de la sortie, espérant voir apparaître les trois autres.

En fait, ils ne sortirent que quelques instants avant le début de l'heure suivante. Kawase apparut en premier, l'air grave. Tous l'entourèrent aussitôt et lui demandèrent ce que le professeur avait décidé. Le second à sortir fut Yamaguchi. Ses quatre ou cinq amis les plus proches le rejoignirent en courant et échangèrent quelques mots à voix basse avec lui. Puis ils s'éloignèrent, entourant Yamaguchi qui semblait toujours hargneux.

Kitami sortit en dernier, visage détendu, en sifflotant. Coper en fut soulagé. Les remontrances du professeur n'avaient peut-être pas été trop sévères. Urakawa le rejoignit le premier et lui demanda quelque chose d'un air inquiet. Et sans doute Kitami lui répondit-il qu'il n'avait plus de souci à se faire, car quand il releva la tête et se tourna vers les autres, il avait le sourire. Aussi loin que Coper se souvienne, il n'avait jamais vu Urakawa d'aussi joyeuse humeur.

Kawase leur avait déjà dit qu'il avait raconté exactement ce qu'il avait vu, que le professeur avait bien compris la situation et que Yamaguchi s'était sacrément fait remonter les bretelles. Kitami, de son côté, avait écopé d'un avertissement, mais les reproches du prof étaient restés somme toute très modérés.

Ce jour-là, après la classe, Coper rentra avec Kitami. Il lui demanda pourquoi il n'avait pas raconté sa version des faits quand le professeur le lui avait demandé.

— Parce que cafarder, ce n'est pas mon genre, lui répondit Kitami en se passant la main avec un pansement sur le visage.

En arrivant à la station de tramway, Coper se tourna vers lui et lui dit :

— Dimanche prochain, ça te dirait de venir chez moi ? Il y aura Mizutani aussi.

LE CAHIER DE L'ONCLE

Sur la réalité de l'expérience

Cher Coper,

Moi aussi, j'ai trouvé « l'affaire Aburaage » que tu m'as racontée hier absolument passionnante. Tu as éprouvé un élan de compassion pour Urakawa, et tu as eu envie de soutenir Kitami. Rien que de très naturel, pourrait-on dire, mais cela ne me rend pas moins heureux. Imagine par exemple que tu aies été un ami de Yamaguchi et que tu l'aies accompagné dans sa retraite dans un coin du terrain de sport quand il est sorti de la salle de classe après s'être fait sérieusement réprimander par le professeur ! Ta mère et moi serions assez déçus.

Ta mère tout comme moi-même espérons de tout notre cœur que tu deviendras un adulte droit et ferme. C'était également le dernier désir de ton père avant sa mort. C'est pourquoi, comment dirais-je, cela me rassure que tu détestes spontanément les comportements ignobles et grossiers, que tu aies du respect pour un esprit ferme et droit, cela me soulage de l'entendre. Je ne t'en ai encore jamais parlé, mais il se trouve que trois jours avant sa mort, ton père m'a fait venir à son chevet et m'a demandé de prendre soin de toi. Il m'a dit les espoirs qu'il mettait en toi. Je transcris ici ses paroles mêmes :

« Je voudrais qu'il devienne quelqu'un de bien. Quelqu'un de bien en tant qu'être humain. »

Ces paroles de ton père, garde-les quelque part au plus profond de toi. Qu'elles s'enkystent dans ta chair. Moi non plus, je n'oublierai jamais ce que ton père m'a dit ce jour-là. Si j'écris ces réflexions dans ce cahier, c'est en pensant qu'un jour tu les liras, mais c'est aussi pour répondre au souhait de ton père.

J'ai remarqué que depuis quelque temps, tu te poses parfois des questions sur la vie, ou sur ce que signifie devenir un homme. C'est pourquoi je pense qu'il est important de parler sérieusement de ces sujets avec toi, et non pas comme s'il s'agissait de choses qu'on peut traiter par-dessus la jambe.

Car on ne peut pas devenir un homme bien sans avoir des idées claires et nettes sur ces questions.

Cela dit, personne ne t'enseignera la vie en une phrase : « Le monde, c'est ceci, pour vivre en humain en ce monde, il faut faire ceci et cela. » Plus exactement, même s'il existait une personne capable de t'expliquer la vie en une phrase, le monde n'est pas une chose qui se comprend d'un seul coup en gobant une phrase toute faite. L'anglais, l'algèbre ou la géométrie, éventuellement, je pourrais te l'enseigner. Mais la signification profonde du fait que les humains se regroupent pour vivre ensemble, bâtissent une société, tout en portant chacun individuellement le poids de leur vie, la valeur de cette réalité-là, je ne peux pas te l'enseigner. C'est toi et toi seul, en grandissant peu à peu, et d'ailleurs même encore quand tu seras adulte, qui dois le trouver par toi-même.

Tu sais que l'eau est composée d'oxygène et d'hydrogène, n'est-ce pas ? Une partie d'oxygène pour deux parties d'hydrogène, ça aussi tu le sais. Cela, des mots existent pour le dire clairement, et tu peux en reconnaître le degré de vérité en assistant à une expérience. En revanche, si tu veux connaître le goût de l'eau fraîche, la seule solution est que tu la goûtes toi-même. Quelqu'un pourrait passer des heures à te le décrire, cela ne t'expliquerait rien, il faut avoir soi-même bu de l'eau pour en connaître le goût. De la même façon, les aveugles de naissance ne comprendront jamais ce qu'est la couleur rouge, quelles que soient tes explications pour le leur faire comprendre. Pour cela, il faut avoir des yeux et voir le rouge. Alors, du premier coup d'œil, on comprend ce que c'est. Et énormément de choses dans la vie fonctionnent comme cela.

Par exemple, qu'y a-t-il d'intéressant dans la peinture, la sculpture, ou la musique ? Il faut y avoir goûté au moins une fois pour le discerner, les gens qui n'ont jamais été mis en contact avec le grand art ne pourront jamais le comprendre, les explications ne suffisent pas. Il ne suffit pas d'avoir des yeux et des oreilles en état de fonctionnement, il faut que les yeux du cœur, les oreilles du cœur soient ouverts pour pouvoir les apprécier. Et encore, c'est bien beau d'avoir ouvert les yeux et les oreilles du cœur, encore faut-il avoir l'opportunité de voir et d'entendre des œuvres de qualité pour être réellement touché au fond de soi. De la même façon, que signifie véritablement vivre pleinement en tant qu'être humain en ce monde, ce n'est qu'une fois que tu auras vécu une vie digne d'un humain au sens plein du terme, que tu l'auras ressenti pleinement dans ton cœur, que tu pourras le comprendre. Tu pourrais aller trouver l'homme le plus savant du monde, il ne te l'expliquera pas à ta place, parce qu'il en serait incapable.

Bien sûr, de nombreux philosophes ou bonzes illustres ont laissé des paroles d'une grande profondeur et d'une grande sagesse à ce propos.

Aujourd'hui même, d'ailleurs, des écrivains de talent, de vrais penseurs, y réfléchissent avec ténacité. Ils infusent leurs pensées dans leurs œuvres, leurs romans ou leurs essais. Même sans aller jusqu'à parler des enseignements des hommes de religion, on trouve dans les œuvres des grands écrivains une véritable sagesse. C'est pourquoi je te recommande de lire beaucoup de livres de valeur, de façon à acquérir la sagesse de gens vraiment admirables. N'empêche qu'en dernier ressort, celui qui détient la clé, Coper, c'est toi. Toi et personne d'autre. Il n'y a que toi pour vivre, voir, sentir, et finalement, à partir de ce que tu auras vécu, vu et senti, accéder à la compréhension et à la vérité de ces paroles des grands personnages. Ce n'est pas comme les mathématiques ou la science, où il suffit de lire quelque chose pour le savoir, ça ne marche pas comme ça.

C'est pourquoi l'essentiel, à mon avis, est de toujours partir de ce que tu auras ressenti, de ce qui aura fait palpiter une sensation de vérité en toi. Dès que tu ressens quelque chose jusqu'au fond de tes tripes, que tu penses quelque chose jusqu'au fond de ton cœur, surtout, ne triche pas avec toi-même. En toutes circonstances, quel que soit le contexte, demande-toi ce qui t'a donné cette émotion, à quel moment ta conviction a été emportée. Et tu t'apercevras qu'une émotion que tu as ressentie à un moment, dans un cas particulier qui ne se reproduira peut-être jamais, prend un sens qui dépasse le cas spécifique de ce cas particulier. Eh bien, c'est là. Là se trouve la véritable pensée, *ta* véritable pensée. Pour le dire avec des mots plus compliqués : pars toujours de ta propre expérience et réfléchis avec une absolue sincérité. Ça, Coper, c'est capital. Si tu triches avec toi-même, tu auras beau penser à des choses grandioses et impressionnantes, tu auras beau les affirmer avec force, ce ne seront que des mensonges.

Ta mère et moi, comme ton père, n'avons qu'un désir : que tu deviennes quelqu'un de bien. Que tu aies des idées claires et belles, concernant la société, concernant la vie, et que tu mènes une vie claire et belle en accord avec ces idées, et notre vœu sera exaucé. Voilà pourquoi, je te le répète, je voudrais que tu rumines bien ce que je suis en train de te dire avant de l'avaler et d'en faire ton miel.

Mais quand je dis que nous souhaitons que tu deviennes quelqu'un de bien, cela ne veut pas seulement dire que tu aies de bonnes notes, que tu sois bien élevé, que tes professeurs comme tes camarades te considèrent comme un collégien irréprochable. Ni qu'une fois devenu adulte, personne ne dise du mal de toi, que la société n'ait rien à te reprocher. Ce n'est pas de cela dont il s'agit. Bien sûr, tant qu'à faire, je préférerais que tu aies de bonnes notes à l'école, et je serais embêté que tu te montres insolent et mal élevé. Et quand tu seras dans la vie active, j'espère bien que personne ne te montrera du doigt. Mais là n'est pas l'essentiel.

Avant ça, il y a quelque chose de beaucoup plus important.

Depuis l'école primaire, en cours de morale, tu as déjà appris tant de choses, n'est-ce pas ? Il y a des choses qu'un être humain doit respecter et protéger, ça, tu le sais déjà, et bien plus. Tu as déjà acquis beaucoup de principes. Certes, tous ces principes te seront utiles, il ne s'agit pas de les rejeter. Comme te l'enseignent les leçons de morale, un individu modèle en tout point, honnête, travailleur, courageux, fidèle à sa mission, respectueux du bien public, sera digne du respect de tous et sera sans nul doute effectivement respecté. Mais le problème auquel tu dois réfléchir va au-delà de cela. Si tu te contentes de faire quelque chose parce qu'on t'a dit que c'était bien, ou parce que c'est cela que la société reconnaît comme critère pour mesurer la valeur d'un individu, bref, si tu contentes de faire comme on t'a dit de faire – écoute-moi bien, Coper –, jamais tu ne deviendras un être pleinement humain. Tant que tu étais enfant, cela suffisait peut-être. Mais tu arrives à un âge où ce n'est plus le cas. L'important n'est pas comment te voit la société, ni comment te voient les autres, c'est que tu saches par toi-même ce qui fait la valeur d'un individu, que tu le saches intimement. Alors tu sentiras du fond de ton cœur se lever la volonté de devenir toi-même cet homme de valeur. Et quand tu devras juger du bien ou du mal, que quelque chose de bien est bien, que quelque chose de mauvais est mauvais, il te faudra le mettre en cohérence avec les sentiments que spontanément tu auras senti sourdre de ton cœur. Et t'y tenir fermement verrouillé. Comme dit ton ami Kitami : « Vous pouvez dire ce que vous voulez… »

Sinon, quand bien même tu serais tout à fait désireux de devenir une personne de valeur, tout comme ta mère et moi le désirons aussi, tu ne réussiras au mieux qu'à donner l'apparence d'être quelqu'un de bien, ce qui est très différent de l'être vraiment. Le monde ne manque pas d'individus dont l'ambition s'arrête à devenir des gens bien aux yeux des autres, et qui s'y entendent à jouer les gens bien. Ceux-là s'inquiètent uniquement de la façon dont ils sont perçus par les autres, mais ils négligent ce qu'ils sont véritablement, ce qu'ils sont en eux-mêmes. Et je ne veux pas que tu deviennes comme ces gens-là.

C'est pourquoi, Coper, je te le répète, écoute les mouvements de ton propre cœur, ce que tu ressens au plus profond de toi. Réfléchis bien à ce qu'ils te disent, pour ne jamais l'oublier.

Ce que j'ai écrit aujourd'hui est peut-être encore un peu difficile pour toi. Mais en fait, pour le dire plus simplement, il faut toujours rester à l'écoute de la vraie voix de ton cœur, tout en accumulant les expériences, ce n'est pas plus compliqué que ça !

Et tiens, regarde l'affaire Aburaage.

Qu'est-ce qui t'a tellement ému, dans cette histoire ?

Pourquoi l'indignation de Kitami t'a-t-elle autant touché ?

Pourquoi étais-tu si remué par le fait qu'Urakawa veuille retenir Kitami de frapper Yamaguchi ?

Déjà, tu m'as dit que tu trouvais qu'Urakawa aurait dû faire preuve d'un peu plus de courage. Et c'est ce que je pense aussi, il faut le dire. Si Urakawa avait montré un peu plus de fermeté, on ne se serait pas moqué de lui à ce point. Mais si on se met à la place d'Urakawa, il aurait fallu qu'il soit un véritable héros pour réussir à tenir à distance la bande de Yamaguchi à lui tout seul. Et on ne peut évidemment pas lui reprocher de ne pas être un héros. Les gens comme Urakawa ont droit à une certaine indulgence de notre part. Le fait qu'il ait demandé à Kitami de laisser son tourmenteur tranquille est la preuve d'un bon fonds.

3

La pomme de Newton et le lait en poudre

Le dimanche suivant, il faisait un grand soleil d'automne.

Mizutani et Kitami avaient pris leur déjeuner un peu tôt, de façon à être à une heure chez Coper. De son côté, depuis le matin Coper n'arrêtait pas de tourner en rond. Il n'était encore que midi qu'il ne tenait déjà pas en place et n'arrêtait pas de se demander si la cloche de l'entrée ne venait pas de sonner, alors même qu'il mangeait assis en face de sa mère. En portant les aliments à sa bouche, en piochant le riz dans son bol, en mastiquant, il n'arrêtait pas de se tourner vers la pendule à balancier pour regarder l'heure. Finalement, sa mère lui dit en riant :

— Mange donc tranquillement. Sais-tu combien de fois tu as regardé la pendule depuis tout à l'heure ? Au moins quinze fois !

— Mais non, voyons ! nia Coper en rougissant légèrement. Pas plus de dix fois !

— Quand bien même ce ne serait que dix fois, ce serait déjà trop. Tiens, tu la regardes encore.

— Mais non, j'ai juste regardé le calendrier. Tu triches, maman !

— Qu'est-ce que tu racontes ? Ma foi, bois au moins ton thé. Sinon, le riz n'arrivera pas là où il doit arriver. Et ne te fais donc pas de bile, tes invités arriveront bien à l'heure, va !

Le repas terminé, il n'était encore qu'une heure moins vingt. Coper s'était allongé dans le salon et lisait dans le journal le compte rendu de la journée du tournoi des Six Universités. Une heure moins quatorze minutes. Il avait déjà lu tous les illustrés de l'édition du dimanche. Une heure moins dix. Il lut un article qui racontait une visite au zoo. Une heure moins sept.

Coper rejeta finalement le journal et gémit d'une voix pitoyable.

— Raaah, mais que fabriquent-ils, enfin ?

Sa mère étouffa un éclat de rire en l'entendant.

— Vais-je me montrer à la hauteur ? Saurai-je préparer un goûter digne de personnages si importants, je commence à m'inquiéter…

La grande aiguille de la pendule était maintenant toute proche du 12, un dernier tic et la pendule sonna un coup. Dooong. Treize heures ! Coper décida d'aller voir à la station de tram ce qui se passait, quand la sonnette de l'entrée sonna dans la chambre de la bonne.

Coper se précipita à l'entrée : c'était Kitami, assez fier d'être arrivé chez Coper à treize heures tapantes. Mizutani, lui, arriva avec un retard de quinze minutes. Une paille.

Ils restèrent tous les trois dans la chambre de Coper à l'étage jusqu'à environ quinze heures. Entre-temps, ils avaient joué aux cartes, à Crokinole, aux échecs japonais et à Sherlock Holmes. Qu'est-ce qu'ils avaient rigolé, alors ! D'habitude, Mizutani venait seul, alors même si Coper et lui s'amusaient bien, ça restait tranquille. Mais ce jour-là, avec Kitami en plus, quelle ambiance ! Ils en avaient mal au ventre tellement ils riaient. Finalement, quand ils eurent joué à tous les jeux de la chambre, Coper dit :

— Ça vous dirait d'écouter le match Waseda-Keiô ?

— Sur un disque ?

— Mais non, à la radio. C'est moi le commentateur !

— Ah ouais !

Coper sortit la radio de sa caisse et la posa sur la table. Puis il la recouvrit d'un tissu carré et s'assit derrière, la tête sous le tissu, comme un photographe sous le velours de sa chambre noire.

Et la retransmission commença.

— C'est par un ciel bleu outremer sans nuages, alors que pas un souffle de vent ne soulève le moindre grain de sable intempestif sur le stade Jingû, que nous prenons l'antenne, chers auditeurs, pour la retransmission en direct du match le plus attendu de la saison. Le drapeau du Grand Japon s'agite à peine derrière les tribunes centrales, les conditions idéales sont réunies pour un grand match de base-ball… Des conditions idéales pour un grand match de base-ball, en effet, chers auditeurs…

— D'enfer, Coper ! On dirait le vrai ! s'écria Kitami.

— L'équipe de Waseda, les Vaillants du Nord, contre Keiô, les Hardis du Sud ! continua Coper sur le ton du commentateur radiophonique qui s'y entend à mettre de l'ambiance. Puisque, en effet, chers auditeurs, c'est aujourd'hui le trentième anniversaire du match bisannuel, le choc des titans, du derby grâce auquel la fine fleur du base-ball de la nation s'épanouit dans toute sa gloire ! Dans quelques instants, chers auditeurs, va commencer le match que vous attendez tous, celui qui donne la fièvre à plusieurs millions d'auditeurs sur les ondes dans tout le pays. Du haut de ces tribunes, trente années de tradition vous contemplent, messieurs ! Pour l'honneur de leur *Alma Mater*, pour exaucer les rêves et les espoirs que leurs camarades ont avec ferveur placés en eux, c'est maintenant que vont s'affronter…

Evidemment, si Coper avait proposé ce jeu, c'est qu'il savait comment s'attirer un joli succès.

— … c'est aujourd'hui, dans moins de trente minutes maintenant, que s'affrontent dans le stade

Jingû chauffé à blanc, parcouru en cet instant même par une tornade d'excitation et d'enthousiasme, les équipes des deux meilleures universités du pays. En effet, il n'y a plus une place de libre depuis les premières heures ce matin et les tribunes sont entièrement remplies de plusieurs dizaines de milliers de spectateurs, les escouades des supporters de chacune des deux équipes, qui côté champ intérieur, qui côté champ extérieur, entonnent les encouragements au moindre signal avec un ensemble impeccable. Keiô côté troisième base, Waseda sur la première, chaque club a disposé la fanfare de l'école, les cuivres et les bois au grand complet qui se donnent à fond pour chauffer l'ambiance en attendant le coup de sifflet qui lancera le match…

— Et les joueurs, ils ne sont pas encore sur le terrain ? intervient Mizutani.

— Attends, j'y viens… répond la radio. Ah ! Les joueurs de Waseda font leur entrée sur le terrain côté première base. C'est l'entrée de l'équipe de Waseda côté première base, dans son célèbre et non moins traditionnel jersey gris souris ! Le stade tout entier se lève comme un seul homme ! Le stade est debout pour l'entrée des joueurs ! Ecoutez, chers auditeurs, cette clameur du tonnerre ! L'escouade des supporters de Waseda est littéralement debout, pour entonner en chœur le chant d'accueil des joueurs sur le stade…

Et là, Coper va chercher très profond sa voix la plus virile pour chanter l'hymne de Waseda à pleine voix :

Dans le ciel d'azur
Le cercle solaire
Luit au-dessus de nous
Selon la tradition...

Dès le premier mot, Kitami est au diapason avec Coper.

Brûlant de l'esprit combattant des meilleurs
Pour le trône de l'Idéal...

Bon… Représenter l'escouade des supporters à deux, ce n'est pas si simple. Pour compenser, Kitami beugle autant qu'il peut.

Waseda !
Waseda !
Victorieux ! Victorieux ! Waseda !

— Et c'est maintenant au tour de l'équipe de Keiô de faire son entrée sur le terrain, niveau troisième base, menée par l'entraîneur Morita. Le chœur des supporters de Keiô n'est pas en reste et entonne l'hymne de l'école. Ecoutez donc, chers auditeurs, la perfection de ce chœur…

Le sang de la jeunesse brûle dans nos veines
La lumière illumine notre être...

Mizutani a une fort belle voix, ma foi.

Que l'étoile de l'espoir luise sur nous
Et apporte la victoire
Toujours nouvelle
Voici les meilleurs...

Le commentateur reprend le micro :

— Les deux contingents commencent leur échauffement et échangent des balles. Les joueurs de Waseda se dispersent, investissent le terrain et se dérouillent les muscles à la batte. Le moment est venu pour moi, chers auditeurs, de vous rappeler les statistiques de chacune des deux équipes. C'est en l'an 38 de l'ère Meiji que…

— Ouais, tu peux faire l'impasse, là… coupe Kitami.

— Bah, si on n'a pas droit aux statistiques, c'est pas un vrai derby Waseda-Keiô, quoi ! proteste le commentateur.

— Pas grave ! Lance le match !

— Bon… si tu y tiens.

Le commentateur a l'air déçu d'être empêché de faire étalage de sa culture, mais accepte de bonne grâce la demande de Kitami.

— Les deux équipes ont procédé aux échauffements aux abords des bancs de touche, le match est sur le point de commencer. C'est Waseda qui prendra l'attaque en premier. Les joueurs de Keiô gagnent leurs positions respectives sur le terrain. Kusumoto, qui lancera en ouverture pour Keiô, prend place au monticule, le sourire aux lèvres. Premier batteur pour Waseda : Satake. Satake est d'ores et déjà en position au guichet. L'arbitre fait signe que la balle est maintenant en jeu !

Soudain, Coper pousse un étrange gémissement.

Ouuuh Ouuuh Ouuuh…

Ah, c'est censé être une imitation de la sirène qui annonce le début du match.

Très vite, les choses se corsent. Au début, plusieurs sets se déroulent sans le moindre point marqué de part et d'autre, mais à compter du quatrième set, après que Waseda a ouvert le score, chaque équipe inscrit au moins un point lorsqu'elle vient à la batte. Chaque fois que Keiô inscrit un point, voire deux, Kitami maugrée :

— Peuh ! Où tu as vu ça, toi ?

Coper compense en annonçant une erreur de Keiô qui lui coûte un point, voire deux.

— Jamais Keiô ne ferait une erreur pareille, allons ! proteste Mizutani.

Le commentateur a bien du mal à contenter tout le monde. Le match est acharné et avance en dents de scie. La lutte reste serrée jusqu'au retour du neuvième et dernier set. Waseda mène d'un point. Waseda en défense.

— Les coureurs occupent la première et la troisième base ! Kachikawa, capitaine de Keiô, à la batte ! Petit gabarit, Kachikawa ne connaît aucun rival en défense de troisième base, mais ici, en attaque, avec deux batteurs déjà éliminés, la responsabilité est lourde, très lourde ! Il lui faudrait un coup sûr pour rejoindre la première base et permettre à son équipe de revenir à égalité au score. Nous en sommes à un *strike* et trois *faul*. Dans cette configuration, un lanceur expérimenté, un vieux de la vieille comme Wakahara est en droit d'envisager de lancer volontairement une quatrième *faul* pour terminer le match en trois *strikes* au batteur suivant.

— Ah non, pas ça ! Il faut lui faire mordre la poussière et c'est tout, s'écrie Kitami.

— Wakahara est en place au monticule. Il déroule le bras. La cinquième balle prend son élan… C'est lancé ! Kachikawa frappe. Plein bois. La balle s'élève. Aile gauche. Le défenseur de champ gauche recule. Recule… Recule… Aah, trop lent ! La balle va le survoler. La balle lui passe au-dessus de la tête et atterrit sous la tribune de gauche. Le coureur de troisième base en profite pour rentrer au camp et marquer le point ! Le coureur de première base court lui aussi de toutes ses forces. Il passe la troisième base… et le voilà qui met le pied sur la base de son camp ! Et c'est le point de la victoire ! Victoire de Keiô ! Victoire de Keiô ! Victoire de Keiô ! Kachikawa est en sécurité en troisième base ! Avec deux points pour Keiô, il offre ainsi la victoire à Keiô ! Ouuh ! Ouuh ! Ouuuh…

Malheureusement, la retransmission est interrompue avant la fin de la sirène annonçant la fin du match, car Kitami s'est levé d'un bond.

— Non mais je vais lui couper le sifflet, moi, à cette radio !

Il saute directement sur le carré de tissu qui recouvre la tête de Coper et les jette tous les deux par terre, Coper et le tissu, sans distinction.

— Ah ! Alerte ! Alerte ! se met à couiner Coper, un voyou a fait irruption sur le terrain !

— Non mais tu vas te taire, oui, commentateur de mes deux ?

— Le vandale est un supporter de Waseda !

— Coupez le son !

Kitami, écarlate, est mort de rire, mais essaie quand même d'écraser Coper de tout son poids. Coper ne s'arrête pas pour autant :

— Le hooligan… s'en prend… au professionnel du média radiophonique pour interrompre la retransmission, chers auditeurs… Votre dévoué commentateur… continue sa mission… au risque de sa vie !

Kitami explose de rire. Coper en profite pour tenter de se relever, mais Kitami ne lâche pas prise et tous deux s'effondrent sous le bureau de Coper. De surprise, la radio manque tomber du bureau, et serait réellement tombée si Mizutani, dans la fièvre de l'instant, n'avait pas bondi pour effectuer un plaquage d'anthologie.

Kitami lâche Coper, qui sort la tête du carré de tissu. Ils roulent sur les tatamis, secoués de rires. Sur le ventre de Kitami, la tête de Coper saute comme un ballon à chaque spasme de rire de Kitami.

— Ah ah ah, je suis mort !

Et il roule effectivement par terre comme s'il n'avait plus la force de bouger. Kitami aussi reste à terre, les bras en croix. Mizutani n'a pas envie d'être en reste et roule lui aussi par terre en poussant de gros râles.

On se repose un peu.

Pendant quelques instants, tous trois sont immobiles et silencieux. Il n'est plus besoin de parler. On reste à terre, on n'a plus rien à dire, et c'est ça le bonheur. Dehors, il fait un grand soleil d'automne. Par la cloison de papier grande ouverte, au-delà du corridor, on aperçoit le toit de la maison voisine, entouré d'arbres. Derrière la balustrade, s'étend le grand ciel bleu, que traversent d'un pas nonchalant des nuages de coton blanc qui s'effilochent et se métamorphosent. Coper écoute sans penser à rien le bruit d'un train de banlieue qui passe.

Il faisait noir quand Mizutani et Kitami étaient repartis chez eux.

Après le match Keiô-Waseda à la radio, les trois amis étaient sortis sur un terrain dégagé et avaient joué à échanger des balles et à frapper à la batte jusqu'à la fin de l'après-midi. Puis ils étaient revenus à la maison et avaient pris leur dîner dans la bonne humeur, pendant que le soleil se couchait. C'est à ce moment-là que l'oncle de Coper était passé par hasard, ce qui avait relancé la conversation. Ils ne demandaient qu'à prolonger la soirée, mais Mizutani et Kitami ne pouvaient pas rentrer trop tard. Quand sept heures avaient sonné, ils avaient pris congé, et Coper et son oncle étaient sortis avec eux pour les raccompagner jusqu'à la gare.

Il y avait un beau clair de lune. Elle venait de sortir, une belle lune gibbeuse croissante, et se montrait à proximité du gros tronc d'un zelkova. Elle donnait une éclatante lumière pour une lune de dix jours. L'effet de contraste sur les quatre visages qui marchaient de front entre les zelkovas, dans cette rue bordée de nombreuses haies vives, était saisissant : alternance d'ombre et de lumière, visages qui apparaissent, puis disparaissent. La lumière était si intense que les tuiles des toits environnants semblaient mouillées. L'air nocturne était si vif qu'il faisait décidément frisquet sans manteau.

Quand on levait les yeux, on voyait le ciel à travers les branches car les feuilles des zelkovas étaient déjà presque toutes tombées. Le ciel nocturne était d'un bleu profond à donner des frissons, parsemé d'étoiles claires et brillantes comme des pointes d'épingles.

Que c'est beau… pensa Coper. Il avait envie de se serrer et de se pelotonner quelque part, et en même temps de s'emplir les poumons d'une immense bouffée d'air de l'automne.

Ils marchaient sans se presser dans le calme quartier résidentiel, qui n'était pourtant pas près du quartier central de la gare.

— Tu as compris, tout à l'heure, l'histoire sur Newton ? demanda Mizutani à Coper.

— Non.

— C'est quand même étrange, non ? Qu'est-ce que ça veut dire exactement ?…

Mizutani leva la tête pour regarder la lune. Son visage pâle fut inondé par sa clarté. Coper leva lui aussi la tête. La lune semblait suspendue en l'air, comme accrochée dans le ciel, immobile et muette. Spontanément, il se souvint de la distance faramineuse qui séparait le point où ils se trouvaient en cet instant et la lune.

Oui, même à cette distance, une force invisible à l'œil reliait les deux astres. Il se sentit soudain perdu et demanda à son oncle :

— Mon oncle, tu ne voudrais pas nous expliquer l'histoire de tout à l'heure à propos de Newton ?

C'était une histoire que son oncle avait évoquée rapidement au moment du repas, en pelant une pomme.

— Vous connaissez l'histoire de la pomme de Newton, je suppose ? En voyant une pomme tomber d'un arbre, Newton a eu l'intuition de la loi de la gravitation universelle. Mais savez-vous pourquoi la chute d'une pomme lui a donné cette idée ?

Aucun des trois ne savait. Alors l'oncle avait posé une nouvelle question :

— Vous l'êtes-vous demandé, au moins ? Vous êtes-vous posé la question ?

Ils étaient restés muets.

— Hum… Vraiment ?

Au moment exact où, ayant fini de peler le fruit, il avait laissé le ruban de peau tomber sur son assiette, l'oncle avait pris un air incrédule. Il avait alors laissé Newton de côté et s'était concentré sur sa pomme qui ne demandait qu'à être mangée.

— Délicieuse, cette pomme. D'où vient-elle ?

La conversation avait alors dévié sur les goûts respectifs des pommes d'Aomori et de Hokkaidô, et Mizutani et Coper avaient laissé passer l'occasion de demander qu'il leur explique le mystère de la gravitation newtonienne. Jusqu'à ce que Mizutani, sur le chemin de retour, se souvienne de cette histoire et repose la question.

— Ah oui, oui, c'est de ça qu'on avait commencé à parler, tout à l'heure ! fit l'oncle en s'arrêtant au milieu du chemin pour allumer une cigarette.

Puis il reprit sa marche, sans se presser.

— Je venais d'entrer à l'école primaire quand le supplément spécial du journal du 1er janvier avait offert à ses lecteurs trois images en trichromie. La première représentait l'empereur Buretsu terrassant un sanglier d'un coup de pied, la seconde la mère de Mencius coupant l'étoffe qu'elle était en train de tisser pour lui montrer ce que signifiait faire l'école buissonnière, et la troisième, Newton regardant pensivement la pomme qu'il venait de ramasser par terre. Bien sûr, à l'époque, je ne connaissais aucune de ces scènes célèbres et j'aurais été incapable de dire ce qu'elles représentaient. C'est alors que ma grande sœur – ta mère, donc, Coper – m'a lu l'explication des images qui était publiée en même temps dans le supplément du journal et m'a tout expliqué en détail. Parce qu'à cette époque, elle fréquentait déjà l'école secondaire des filles. Elle devait avoir un ou deux ans de plus que vous aujourd'hui. Quoi qu'il en soit, elle m'a expliqué tous les détails des images. Je peux vous dire que ce jour-là, j'ai trouvé que ma sœur était une vraie savante, presque un génie !

Ceci dit, une chose que je n'ai toujours pas comprise, même maintenant, c'est pourquoi le journal avait choisi ces trois images-là. Quel rapport avait l'une avec l'autre, ça, je dois dire, ça m'échappe. Enfin… si je n'ai pas compris le sens global, j'ai au moins compris le sens de chaque image prise séparément.

Jadis, il y avait au Japon un valeureux empereur du nom de Buretsu. Un jour, à la chasse, il terrassa un sanglier d'un seul coup de pied.

Mencius, lui, était un philosophe chinois qui vécut il y a très longtemps. Sa mère, une femme de grande sagesse, sacrifia une magnifique pièce de tissu qu'elle était en train de tisser pour faire comprendre à son fils, qui était revenu trop tôt de l'école, que c'était gaspiller son intelligence que de négliger ses études.

Enfin Newton était ce grand savant qui découvrit les lois de la gravitation universelle en voyant une pomme tomber d'un arbre.

Même un écolier du primaire est capable de comprendre ces trois histoires. La plus facile est celle de l'empereur Buretsu. L'histoire de la mère de Mencius n'est pas si difficile que cela non plus, j'étais assez grand pour savoir qu'il est stupide de déchirer un tissu qui n'est même pas terminé. L'histoire de Newton, en revanche, c'était une autre paire de manches. La première chose qui me vint à l'esprit, c'est : pourquoi ? Quel rapport entre une pomme et la gravitation universelle ?

Quand ma sœur, je veux dire ta mère, a fini de me raconter l'histoire de Newton, j'ai demandé : « Pourquoi ? » Et là, si tu avais vu la tête de ta mère ! Elle m'a fait rester tranquille et a entrepris de m'expliquer comment la Terre et la lune, la Terre et le soleil, et tous les corps célestes étaient en relation les uns avec les autres. Je m'en souviens encore : elle a pris une balle en caoutchouc et une balle de ping-pong, et elle a dit : « Regarde, ça, c'est la Terre où nous sommes. Et ça, c'est la lune. Alors, voilà ce qui se passe… » Et je dois dire que son explication était assez formidable. Malheureusement, elle s'adressait à un gamin encore à l'école primaire et j'ai eu l'impression de comprendre sans comprendre. Je me souviens surtout que je l'ai écoutée avec un sentiment étrange. Et elle a fini par me regarder d'un œil bizarre : « Bon, ces histoires sont peut-être un peu compliquées pour toi. Tu comprendras mieux quand tu seras plus grand. » Et elle s'est arrêtée là.

C'est cette scène que je me suis rappelée tout à l'heure en mangeant ma pomme, non, je veux dire, en pelant ma pomme.

— Mais alors, mon oncle, c'est à quel âge que tu as vraiment compris ? demanda Coper, qui, intérieurement, se demandait surtout si son oncle comprenait déjà la théorie de Newton à son âge ou pas.

L'oncle répondit :

— Eh bien, c'est étrange, vois-tu. J'étais peut-être en dernière année d'école primaire lorsque j'ai plus ou moins saisi la nature de la relation qui lie la Terre et la lune, telle qu'avait essayé de me l'expliquer ta mère quelques années plus tôt. Puis je suis entré au collège, et on m'a enseigné bien d'autres choses, disons toutes les grandes notions de base. Malgré cela, je n'avais toujours pas compris pourquoi c'était en voyant une pomme tomber que Newton avait eu cette révélation de la loi de la gravitation universelle. Au bout du compte, je pensais avoir compris la gravitation universelle, les mouvements des astres, au moins dans leurs grandes lignes, mais la réponse à cette question, eh bien, je ne l'avais toujours pas comprise.

— Mais quand l'as-tu comprise, alors ?

A force d'insister, l'oncle finit par répondre :

— Eh bien, la question m'a trotté très longtemps dans la tête, mais pas au point de tout lâcher jusqu'à ce que je trouve la réponse. Finalement, elle trottait encore quand je suis entré à la fac.

— Hein ? Jusqu'à la fac ? s'écria Coper, les yeux hors des orbites, ce qui fit beaucoup rire Kitami.

— Oui. Je ne l'ai pas compris avant mes études supérieures. Avant, je me contentais d'une vague idée : à un moment, pendant qu'il réfléchissait de façon très intense à ses problèmes de physique, soudain, une pomme en tombant avait rompu le silence autour de lui. Cela l'avait surpris, et en retrouvant ses sens, une magnifique idée lui était venue à l'esprit comme si la foudre lui était tombée sur la tête, cela avait dû être quelque chose comme ça, je me disais.

— Et ce n'est pas le cas ? demanda Mizutani.

— Pas du tout. D'après les spécialistes, d'abord, cette histoire de pomme qui aurait été à l'origine de la loi de la gravitation universelle n'est peut-être même pas rigoureusement véridique. Bref, on n'en sait trop rien, mais un jour, quand j'étais étudiant, j'ai posé la question à un ami du département de physique, qui m'a expliqué comment on pouvait imaginer que cela s'était passé dans la tête de Newton. Et pour la première fois, j'ai trouvé l'explication assez convaincante.

— Et c'était quoi, cette explication ?

— Ou peut-être qu'on est trop jeunes pour comprendre ?

L'oncle a laissé passer les remarques de Coper et de Mizutani, puis a répondu, en soufflant lentement la fumée de sa cigarette :

— Oh, vous êtes tout à fait capables de comprendre. Il est possible qu'une idée lui soit venue sous l'effet de la surprise en voyant une pomme tomber, mais l'important, c'est ce qui vient ensuite.

Une pomme sur un arbre tombe d'une hauteur maximale de trois ou quatre mètres. Mais Newton s'est demandé : et si elle était tombée de dix mètres ? A vrai dire, qu'elle tombe d'une hauteur de quatre ou de dix mètres, cela ne change pas grand-chose. Une pomme qui tombe de dix mètres finira bien par toucher terre, n'est-ce pas ? Et de quinze mètres ? Elle tombera tout aussi bien. De vingt mètres ? Pareil. De cent mètres ? De deux cents mètres ? On peut augmenter la hauteur par la pensée autant que l'on veut, la pomme subira toujours l'attraction de la Terre.

Oui, mais si cette fois je la place à des distances énormes, à des milliers, des millions de kilomètres, à la distance de la lune par exemple, la pomme tombera-t-elle encore ? En principe, tant qu'il y a de la gravitation, elle tombera. Et cela n'est pas limité à une pomme. N'importe quel corps qui subit la force d'attraction finit par tomber de la même façon.

Or, la lune, elle ne tombe pas, la lune !

Cette fois, ni Coper, ni Mizutani, ni Kitami ne prononcèrent un mot. Ils étaient suspendus aux lèvres de l'oncle et attendaient la suite. Ils étaient arrivés au bout de l'allée de zelkovas et marchaient à présent sur un chemin en bordure d'un champ. Au bout du champ, au-dessus d'une maison à deux étages, la lune les regardait, toujours muette.

— Effectivement, la lune ne tombe pas. La force d'attraction que la Terre exerce sur la lune, et la vitesse de déplacement de la lune qui devrait la faire dériver dans l'espace, ces deux forces s'équilibrent parfaitement et c'est pourquoi la lune ne tombe pas sur la Terre. Or, l'idée d'une force d'attraction entre les corps célestes ne date pas de Newton. Bien avant lui, Kepler avait prouvé que les planètes sont attirées par le soleil et que cette attraction leur conserve une trajectoire stable autour de cet astre. Et le fait qu'un corps qu'on lâche tombe à la verticale avait déjà été expliqué par la loi de la chute des corps de Galilée, là encore bien avant l'époque de Newton.

Mais alors, qu'a découvert Newton ? Justement que la force d'attraction qui fait tomber les objets sur la Terre et la force d'attraction qui fait tourner les planètes sont une seule et même chose. C'est ce rapprochement entre les deux phénomènes, le fait d'avoir démontré qu'une seule force était à l'œuvre, qui constitue l'apport déterminant de Newton. Par conséquent, ce qui pose question, c'est comment, dans l'esprit de Newton, le lien s'est fait entre les deux forces.

L'oncle aspira une bouffée de sa cigarette, fit tomber la cendre, puis continua son récit.

— Comme je viens de le dire, Newton a prolongé par la pensée la hauteur d'où tombait la pomme loin, très loin, jusqu'à la lune. A l'origine, la loi de la chute des corps concernait les corps terrestres. Or, si la pomme est repoussée très loin de la surface de la Terre, jusqu'à la distance de la lune, on ne peut plus l'appeler un objet terrestre. Elle devient un objet céleste, répondant aux lois qui régissent les corps célestes.

A ce point de notre réflexion – tu es d'accord, Coper ? –, l'esprit fait naturellement le lien entre les deux phénomènes : la force d'attraction qui gouverne les corps célestes et celle qui fait tomber les objets. C'est précisément ce que s'est dit Newton : ces deux forces n'en seraient-elles pas une seule ? Il s'est dit qu'il devait être possible de démontrer cette hypothèse, et c'est là-dessus qu'il a fait porter ses travaux.

Mais ce n'est que quand il a calculé la distance de la Terre à la lune ainsi que la force gravitationnelle entre la Terre et la lune, qu'il a pu achever sa démonstration. En conclusion, les mêmes principes physiques expliquaient à la fois le mouvement des étoiles les plus lointaines et le mouvement d'une goutte de rosée tombant d'un brin d'herbe. En d'autres termes, la même physique expliquait à la fois le ciel et la terre, une immense avancée dans l'histoire des sciences…

L'oncle jeta son mégot, dont le bout rouge parcourut une trajectoire parabolique avant de s'éteindre.

— Alors, Coper, as-tu compris cette fois ?

Coper acquiesça en silence. Kitami et Mizutani restaient eux aussi silencieux. Aucun des trois amis ne trouvait de mots pour exprimer leurs sentiments en cet instant. C'est l'oncle qui reprit la parole à leur place.

— Le génie de Newton n'est pas seulement d'avoir formulé l'hypothèse de l'unicité de la force gravitationnelle et du mouvement des corps célestes. C'est de l'avoir démontrée, ce qui lui a demandé d'immenses travaux et efforts. Le problème était d'une difficulté telle que le commun des mortels n'aurait pu y parvenir.

Mais il n'aurait jamais mené cette démonstration s'il n'avait pas eu cette idée initiale. Avoir cette idée était également génial.

Personnellement, quand mon ami m'a expliqué cette histoire, j'étais assez choqué qu'une idée de cette portée soit partie d'une constatation aussi simple et banale. Tu ne trouves pas ? Il prend une vulgaire pomme tombée de quelques mètres et la projette par la pensée à une distance gigantesque, et paf ! il lui vient cette idée géniale.

Et c'est ça, le point important, Coper ! Il faut toujours se méfier des choses évidentes. On croit qu'on a tout compris, que c'est tellement bête qu'il n'y a pas à y revenir, qu'on arrivera toujours à la même conclusion banale et cent fois acceptée. Eh bien, non ! Ça ne marche pas toujours comme ça et parfois, ça vaut le coup de renverser les idées reçues. Et pas seulement en physique…

La lune était déjà assez haut dans le ciel et les regardait tous les quatre en silence derrière la cheminée des bains publics. Le ciel nocturne infini s'étendait au-dessus de leurs têtes, les étoiles clignotaient indéfiniment. Penser à l'univers céleste en une nuit pareille donnait l'impression de s'y dissoudre.

Coper et ses amis marchaient, baignés de la lumière bleue de la nuit. Le gravier du chemin, comme humide de lumière de lune, brillait, magnifique…

Plus tard, Coper et son oncle marchaient d'un pas vif sur le même chemin, mais en sens inverse, en direction de la maison. Ils avaient accompagné Kitami et Mizutani jusqu'à la gare. L'air de la nuit les environnait. Ils parlaient peu. La lune était toujours là et les accompagnait à travers les branches des zelkovas, marchant avec eux, jamais fâchée, jamais souriante, jamais triste, le visage toujours serein, au-delà des toits, au-delà des pylônes électriques.

En arrivant devant chez Coper, l'oncle s'arrêta.

— Eh bien…

Ils se dirent bonsoir.

— Bonne nuit, mon oncle.

— Toi aussi, Coper, bonne nuit.

Cinq jours plus tard, on était donc vendredi, l'oncle reçut une longue lettre de Coper, ce qui n'arrivait pas souvent.

Voici ce que disait cette lettre :

Mon oncle,

Je pourrais bien sûr attendre la prochaine occasion de te voir pour en parler avec toi, mais je me suis dit que je pouvais aussi bien t'écrire, ce que je fais.

J'ai fait une découverte. C'est grâce à l'histoire de Newton que tu nous as racontée l'autre jour. Mais si je dis que j'ai découvert quelque chose tout seul, tout le monde va se moquer de moi, ça ne fait pas un pli. C'est pourquoi je préfère n'en parler qu'à toi. Et je t'en supplie, n'en parle pas à maman, pas tout de suite en tout cas.

J'ai donné un nom à ma découverte, je l'appelle « le principe du réseau des molécules humaines ». Au début, je pensais l'appeler « le secret du lait en poudre », mais j'ai trouvé que ça faisait trop histoire de détective pour magazine de gamins, alors finalement j'ai laissé tomber. Si tu pouvais en trouver un meilleur, je t'en serais très reconnaissant.

Je ne suis pas sûr de pouvoir expliquer correctement en quoi consiste ma découverte, mais il me semble que si je te raconte dans l'ordre le cheminement de mes réflexions, toi, tu comprendras.

Pour commencer, j'ai eu l'image du lait en poudre. Tu comprends maintenant pourquoi je suis certain que si j'en parle autour de moi, tout le monde se moquera de moi. Moi aussi, j'aurais préféré penser à quelque chose d'autre, à vrai dire, mais ce n'est pas ma faute si c'est l'image du lait en poudre qui m'est venue en premier, n'est-ce pas ?

Lundi, en pleine nuit, je me suis réveillé. Je me suis réveillé parce que j'avais fait un rêve, mais j'ai oublié lequel. La seule chose que je sais, c'est que quand j'ai ouvert les yeux, j'ai pensé à la boîte de lait en poudre que nous avons à la maison. Une grande boîte de Lactogène, en fer-blanc, dans laquelle nous rangeons les biscuits de riz grillé et les gâteaux secs. Puis je me suis souvenu d'une chose qu'avait dite maman. Un jour, elle m'a dit que quand j'étais bébé, elle n'avait pas assez de lait, alors elle m'avait nourri au Lactogène. La grande boîte de Lactogène que nous avons à la maison est un souvenir de cette époque, paraît-il. Et moi, la fois où maman m'a raconté cette histoire, j'ai dit : « Alors il y a une vache en Australie qui est ma mère de lait ! » Parce que le Lactogène est fabriqué en Australie, je crois. Même que la carte de l'Australie est dessinée sur la boîte. Et donc, c'est ce souvenir qui m'est revenu dans mon futon quand je me suis réveillé. Alors j'ai commencé à penser plein de choses sur l'Australie. Toutes sortes d'images me sont venues, les unes après les autres, le ranch, les vaches, les fermiers qui s'occupent des vaches, l'usine de lait en poudre, le port, le bateau à vapeur, plein d'autres choses.

A ce moment, j'ai repensé à l'histoire de Newton. Tu te souviens, tu nous as dit que c'est en se demandant ce qui se passerait si la pomme venait de très très loin que Newton avait eu son idée géniale. Alors, je me suis dit, et si je réfléchissais à tout ce qui a un rapport avec le lait en poudre en allant le plus loin possible, moi aussi ?

Alors, toujours couché, j'ai commencé à penser à tout ce qui était en rapport avec ce lait, de près ou de loin, depuis les vaches en Australie jusqu'au moment où le lait était bu, une chose après l'autre, dans l'ordre. Sauf que quand je m'y suis mis et que j'ai essayé de faire la liste, ça n'avait pas de fin, alors j'ai laissé tomber. Ça englobe un monde fou, en fait. Pour te montrer, je vais essayer de l'écrire, juste pour voir.

1) Avant que le lait en poudre n'arrive au Japon, il y a :

Les vaches, ceux qui s'occupent des vaches, ceux qui traient les vaches, ceux qui transportent le lait jusqu'à l'usine de traitement, ceux qui transforment le lait des vaches en lait en poudre, ceux qui mettent la poudre dans les boîtes, ceux qui mettent les boîtes en cartons, ceux qui transportent les cartons en camion ou autre jusqu'au train, ceux qui chargent le train, ceux qui font marcher le train, ceux qui conduisent le train jusqu'au port, ceux qui chargent le cargo, ceux qui font marcher le cargo.

2) A partir du moment où le lait en poudre est au Japon, il y a :

Ceux qui déchargent le cargo, ceux qui transportent la marchandise dans un entrepôt, ceux qui surveillent l'entrepôt, le commerçant qui vend le stock de lait en poudre, celui qui est chargé de faire la publicité, l'intermédiaire qui achète les boîtes de lait en poudre pour le pharmacien, celui qui transporte les boîtes de lait jusque chez le pharmacien, le patron de la pharmacie, le commis qui livre la boîte de lait jusqu'à la maison (et j'écrirai la suite demain soir).

(Suite d'hier soir)

Je me suis donc représenté le voyage du lait de l'Australie jusqu'au bébé que j'étais, comme une immense course de relais. Et si j'y ajoutais les gens qui avaient construit les usines, les trains et les bateaux, j'en arrivais à la réflexion que c'étaient peut-être des milliers et même des dizaines de milliers de personnes avec lesquelles je me trouvais lié et sans lesquelles je n'aurais pas pu me nourrir de ce lait. Et de tous ces gens, je ne connaissais personnellement que le pharmacien du quartier. Tous les autres étaient des inconnus pour moi. Et eux aussi ignoraient totalement mon existence.

Ensuite, toujours couché, j'ai essayé de penser de la même façon à tout ce qui se trouvait dans ma chambre : la lampe de chevet, qui était éteinte à ce moment-là, le réveil, mon bureau, les tatamis et tout le reste. Et à chaque fois c'était comme pour le Lactogène : une foule innombrable de gens se succédaient à la queue leu leu. Des gens que je ne connaissais absolument pas, je n'avais pas la moindre idée de ce à quoi ils ressemblaient.

Cette nuit-là, j'ai encore pensé à plein d'autres choses que j'ai oubliées, parce que le sommeil est revenu et je me suis endormi. N'empêche. Le lendemain, quand je me suis réveillé, je me souvenais de ce que je viens de te raconter. Et c'est ça que j'appelle ma découverte. Parce que, jusqu'à maintenant, je n'y avais jamais pensé. Et pourtant, quand on y réfléchit, je pense qu'on peut généraliser, car tout marche comme ça. Sur le chemin du collège, et même au collège, il suffisait que je pense à ce que j'avais sous les yeux ou sous la main, n'importe quoi, c'était pareil, et j'ai compris que je n'étais pas le seul à être relié à une foule de gens. Pendant la classe, j'ai réfléchi aux vêtements et aux chaussures du professeur, et j'ai constaté que c'était exactement pareil. Par exemple, ses vêtements sont reliés aux moutons australiens.

Donc, à mon avis, chaque molécule humaine est connectée à un nombre infini de gens qu'elle n'a jamais vus, et tous ces gens inconnus forment une sorte de réseau. C'est pour ça que je l'appelle « le principe du réseau des molécules humaines ».

Depuis l'autre jour, j'applique ce principe à tout ce qui me vient à l'esprit, pour vérifier si je ne me suis pas trompé. Aujourd'hui, j'ai essayé avec le goudron de la route, et là aussi, ça marche. Et pendant le cours de maths, j'ai pensé que la barbe du professeur était liée au salon de coiffure, alors le professeur m'a crié dessus parce que je n'étais pas attentif. Ça faisait longtemps. Mais, que veux-tu, pour la science, il faut accepter de se faire enguirlander de temps en temps, si c'est pour prouver la validité de sa découverte, tu ne crois pas ?

Bon, je voudrais écrire plus, mais maman vient de me dire de dormir. Je termine donc ma lettre ici. Je te jure, mon oncle, tu es le premier à qui je parle de cette découverte.

LE CAHIER DE L'ONCLE

Sur ce qui relie les humains
(et puis un peu sur ce qu'est vraiment une découverte)

Cher Coper,

C'est un honneur d'être choisi par toi pour être le premier au monde à partager ta découverte. Je voudrais te répondre sans attendre, mais puisque de toute façon je dois passer chez toi, je te ferai ma réponse de vive voix. Avant de te voir, je voudrais tout de même mettre sur le papier quelques réflexions qui me viennent à la lecture de ta lettre, de façon à ce que, quand un jour tu liras ce cahier, tu te remémores ta découverte et tu puisses réfléchir de nouveau à ce que je t'aurai dit depuis.

Quand j'ai lu ta lettre, je l'ai trouvée formidable, et je ne dis pas cela pour être aimable. Franchement, que tu aies pensé à tout ça tout seul, moi j'appelle ça un exploit. J'étais très loin de réfléchir à ce genre de choses à ton âge, je peux te le dire. Des réflexions de ce genre, qui mènent à ce que tu appelles une découverte, des réflexions rigoureuses, cohérentes et suivies, je n'en ai pas eu avant d'être au lycée, et jamais sans avoir lu des livres sur le sujet avant.

A ce propos, ces livres que j'ai lus me poussent à te parler de quelques points auxquels tu devrais réfléchir, je crois. Je pourrais en dire bien plus, mais le professeur Coper daignera bien me permettre de lui en suggérer juste un ou deux pour le moment.

Dans ta lettre, tu me demandes de réfléchir à un meilleur nom que « le principe du réseau des molécules humaines ». Eh bien, il se trouve que j'ai un nom pour ça. Ce n'est pas moi qui l'ai inventé, c'est un nom qu'on utilise en sociologie et en économie. En fait, ces « rapports entre molécules humaines » que tu as découverts, c'est ce que les spécialistes appellent « rapports de production ». Les hommes ont besoin de diverses choses pour vivre. Il leur faut donc fabriquer ces choses à partir de ce qu'ils trouvent dans la nature. On pourrait prendre et utiliser telles quelles certaines ressources présentes dans la nature pour se vêtir ou se nourrir, mais de façon générale, il faut tout de même chasser et pêcher, creuser les montagnes, c'est-à-dire, d'une façon ou d'une autre, travailler. Dès les tout premiers temps, avant la civilisation, les hommes ont coopéré, se sont partagé les tâches, bref ils n'ont jamais cessé de travailler. De fait, travailler est la seule chose que l'homme ne peut s'arrêter de faire. Ce sont ces relations basées sur les activités humaines qu'on appelle rapports de production.

Au tout début, en divers lieux dispersés sur la Terre, les hommes vivaient en communautés très réduites de quelques individus à peine. La coopération et le partage des tâches s'exerçaient dans ce cadre restreint. Qui se donnait du mal pour nourrir ou vêtir les autres ? Difficile de le savoir. Mais enfin, à l'époque dont je parle, tout le monde se connaissait, et les choses qu'on pouvait fabriquer étaient d'un niveau technologique très sommaire, il n'y avait pas d'objet complexe, on s'adonnait avant tout à la chasse et à la pêche et il y a fort à parier que tout le monde participait sans que soit attribué un rôle bien défini à chacun. Alors, même si on ne savait pas grâce à qui on avait à manger aujourd'hui ou grâce à qui on pouvait se mettre quelque chose sur le dos, à l'évidence c'était quelqu'un qu'on connaissait, nul besoin de réfléchir beaucoup, c'était l'une des personnes avec lesquelles on vivait.

Cependant, au fil du temps, ces communautés réduites d'individus au statut équivalent ont commencé à développer des échanges de biens, des mariages, et par conséquent la coopération entre les humains s'est étendue. Les groupes humains sont devenus de plus en plus importants, jusqu'à ce qu'on en arrive à la formation d'Etats. A ce stade-là, la collaboration et la division du travail avaient déjà connu un large développement et les rapports déterminés par la collaboration et la division du travail avaient atteint un grand degré de complexité. Aujourd'hui nous ne sommes plus en mesure de nommer individuellement ceux qui ont travaillé pour produire la nourriture que nous mangeons ou les vêtements que nous portons. Et inversement, nous ne savons plus qui mange la nourriture ou porte les vêtements que nous fabriquons. Nous travaillons pour produire toutes sortes de biens, et en échange nous obtenons les produits nécessaires à la subsistance de notre famille, ou de l'argent qui nous permet à notre tour d'acheter ces produits. C'est dans ce but que nous travaillons, et la question de savoir qui mangera ou portera ce que nous fabriquons n'entre plus directement en ligne de compte.

Au fil du temps, le commerce devient de plus en plus actif. Les échanges entre Etats se développent et les relations entre humains se complexifient. Par exemple, pour gagner plus d'argent, les paysans chinois élèvent des vers à soie, et les tissus qu'ils fabriquent se vendent et s'échangent de proche en proche jusqu'à devenir des vêtements de luxe pour l'aristocratie de l'empire romain. A ce moment-là, ce n'est plus seulement pour produire des biens qu'on a besoin de la participation et du travail de nombreuses personnes, mais aussi pour les transporter et les distribuer. Chaque étape de ce processus connaît elle aussi la division et la spécialisation du travail. Les différentes contrées, les différentes parties de la planète en viennent à se trouver liées, si bien qu'aujourd'hui le monde entier est devenu un unique et vaste réseau.

De nos jours, bien que les filatures japonaises produisent de la soie et du coton, nous ne nous contentons pas de soie et de coton. Le fait est que nous ne nous contentons pas de vendre à l'étranger notre surplus après avoir satisfait les besoins du marché intérieur, non, nous produisons d'emblée en masse pour l'exportation. Autrement dit, nous nous sommes hissés sur la scène mondiale avec nos camarades humains du monde entier, avec qui nous sommes liés, et c'est sur cette scène que nous travaillons. L'Inde, la Chine, et leurs populations de plusieurs centaines de millions d'individus ont besoin de coton ou de cargos japonais, et nous,

Japonais, nous ne pouvons nous passer de laine australienne ou de pétrole américain.

Et c'est ainsi qu'après avoir commencé à travailler sans relâche pour obtenir ce qui était nécessaire à notre existence, très très longtemps après, nous en sommes arrivés au point où le réseau des rapports de production couvre aujourd'hui la Terre entière. Et comme tu l'as découvert toi-même, nous sommes indéfectiblement liés à un nombre colossal de camarades humains que nous n'avons jamais vus et que nous ne connaîtrons jamais. Pas un seul individu ne peut échapper à ces liens. Bien sûr, il existe sur Terre une énorme quantité de personnes qui ne produisent rien par elles-mêmes, mais elles n'en occupent pas moins un nœud du réseau, elles aussi. Chaque jour de notre vie, nous devons manger et nous vêtir, de sorte qu'il n'est pas possible de ne pas faire partie de ce réseau. Ceux qui peuvent manger sans travailler ont leur place dans ce réseau, même si c'est une place un peu particulière. Je te raconterai une autre fois, quand j'aurai un peu plus de temps, tout ce qu'il y a de profond dans cette relation qui nous unit à nos camarades humains des pays les plus lointains, mais retiens d'ores et déjà que c'est ce que les scientifiques appellent « rapports de production ». Et c'est exactement ce que tu as découvert à propos du lait en poudre.

Quand tu seras plus grand, au cours de ton cursus universitaire il faudra absolument que tu étudies l'économie et la sociologie. Le point de départ de ces sciences est de poser la question des liens que les humains tissent entre eux pour vivre, puis elles la ramifient en une multitude de sous-questions. Par exemple, comment ont évolué ces rapports de production au cours de l'histoire, les mœurs et coutumes qui en ont émergé, quelles lois les régissent actuellement, pour te donner quelques exemples de domaines de recherche intéressants. Le principe que tu as découvert est exactement au fondement de cette science, alors tu parles si je sais de quoi tu veux parler !

Tu es déçu, j'imagine. Tu croyais avoir fait une grande découverte, et en réalité elle est connue depuis longtemps. Mais ne te mets pas martel en tête, Coper, c'est formidable que tu aies réussi à formuler cela tout seul. Même si d'un point de vue scientifique c'est une évidence, le fait que tu sois parvenu à cette réflexion sans l'aide de personne est absolument digne d'éloges. Il n'est si facile d'avoir des pensées aussi pertinentes à ton âge, tu peux me croire.

Néanmoins, il vaudrait tout de même mieux que tu saches exactement ce que c'est qu'une découverte, si tu veux vraiment découvrir quelque chose un jour, quelque chose qui t'apporterait l'estime de l'humanité entière, quelque chose de vraiment utile à l'ensemble du genre humain. Une découverte, ce n'est pas simplement quelque chose auquel tu n'avais jamais pensé avant, c'est quelque chose auquel l'humanité tout entière n'avait jamais pensé avant.

L'expérience que peut vivre un être humain, quel qu'il soit, au cours de son existence, est par essence individuelle. Mais l'important, c'est que l'être humain possède ce qu'on appelle le langage. Grâce au langage, nous pouvons raconter notre expérience individuelle aux autres, et nous pouvons écouter l'expérience des autres. Depuis l'invention de l'écriture, nous pouvons en plus nous enrichir de nos expériences mutuelles par les livres. Et nous pouvons comparer les expériences d'une multitude de gens, dans une multitude de situations, et accumuler ainsi une multitude de points de vue. Ce qu'on appelle une science est une vaste accumulation d'expériences et de points de vue cohérents. Ainsi, on peut dire que les sciences prises dans leur ensemble sont la cristallisation de la totalité de l'expérience humaine jusqu'à aujourd'hui. C'est en héritant de la somme des expériences humaines des époques antérieures, puis en y ajoutant au fur et à mesure de nouvelles, que l'humanité a évolué d'une condition au niveau des bêtes sauvages à sa condition actuelle. Si chaque être humain devait à chaque fois tout recommencer à partir du singe, jamais l'humanité ne serait parvenue au degré de civilisation qu'elle connaît aujourd'hui.

C'est pourquoi nous devons toujours faire progresser nos connaissances et tirer profit des précédentes expériences de l'humanité jusqu'à nos jours. Faute de quoi, on pourra se donner tout le mal que l'on voudra, on n'arrivera à rien de fameux. L'humanité a évolué en travaillant dur jusqu'à atteindre son niveau d'aujourd'hui, et doit encore travailler d'arrache-pied pour résoudre les problèmes restés incompris. Seule une découverte répondant à ce principe mérite le nom de découverte, et même de grande découverte.

Je suppose que je n'ai pas besoin de te faire un sermon, tu as compris la nécessité d'étudier. Si tu as envie de faire une grande découverte, tu dois étudier énormément et t'efforcer de parvenir au sommet de la science de ton époque. Ce n'est qu'une fois parvenu au sommet que tu pourras te mettre au travail.

Toutefois, souviens-toi, Coper, pour travailler à découvrir quelque chose quand tu seras au sommet de la science, et même tout simplement pour te hisser jusqu'à ce sommet, il y a une chose que tu dois absolument préserver : ne perds jamais, m'entends-tu, au grand jamais, cette curiosité de poursuivre jusqu'à leurs dernières conséquences tes pensées et tes réflexions quand tu te réveilles en pleine nuit.

Ah, et puis, une dernière chose.

En réfléchissant à la provenance de tous les produits que tu utilises dans ta vie quotidienne, tu t'es rendu compte que ces objets impliquaient une multitude de personnes. Et tu t'es aperçu que tu n'en connaissais aucune, ce que tu as trouvé bizarre.

La société humaine est vaste, évidemment, il n'est pas possible de connaître tout le monde. Mais à vrai dire, quelque part tu as raison, il est tout de même bizarre que ces hommes qui se sont donné du mal pour fabriquer la nourriture que tu manges, les vêtements que tu portes ou la maison que tu habites, toutes ces choses essentielles pour ta vie, soient tous de parfaits inconnus.

Bizarre, et pourtant, dans le monde d'aujourd'hui, c'est la vérité, malheureusement. Bien que la communauté des hommes ait tissé un réseau qui couvre toute la surface du globe, on ne peut pas dire que ce réseau ait atteint un degré de parfaite humanité, une relation de chaude fraternité. Autrement dit, l'humanité a progressé, mais la guerre entre frères humains n'est pas finie. Pas un jour ne passe sans qu'un procès ait lieu devant le tribunal pour des histoires d'argent. Entre les nations, le plus petit conflit d'intérêts peut dégénérer en guerre, et si cela advient, tout le monde part se battre contre ses frères humains. Comme le dit bien le nom que tu as inventé pour parler de ta découverte, ce ne sont encore que des relations entre molécules humaines, des relations matérielles. Une relation de molécule à molécule, ce n'est pas encore une véritable relation humaine.

Mais une chose est sûre, Coper, les humains sont humains. Tout ce qui les concerne tend à devenir humain. Des relations inter-individuelles qui ne sont pas des relations humaines, c'est moche. Il est bien normal de vouloir qu'une relation avec de « parfaits inconnus » devienne une véritable relation humaine. Ce n'est pas que j'aie la moindre consigne à te donner, je ne vais pas te dire, fais ceci ou fais cela. Mais j'espère que tu t'efforceras de travailler dans cette direction en grandissant. C'est certainement l'un des grands problèmes que l'humanité n'a toujours pas résolus, malgré les progrès accomplis.

Alors, pour commencer, des rapports réellement humains, qu'est-ce que c'est, exactement ?

Quand ta maman fait quelque chose pour toi, elle n'attend rien en retour, n'est-ce pas ? Le simple fait de faire quelque chose de bien pour toi suffit à son bonheur. Toi aussi, quand tu fais quelque chose de bien pour un bon copain, cela te met en joie, pas vrai ? Qu'y a-t-il de plus beau que cette joie que l'on ressent dans un échange de bienveillance sincère entre deux êtres humains ? Et ça, ne serait-ce pas le parfait exemple de ce qu'est une véritable relation humaine, dis ?

4

Un ami pauvre

Un vent froid avait commencé à souffler quotidiennement sur le terrain de sport de l'école, et d'ailleurs, la saison de base-ball était terminée. On s'était mis à jouer au football à la place : c'était l'hiver.

Début décembre, on pouvait encore prendre le soleil, adossé aux salles de classe, qui étaient orientées plein sud. Il y avait eu quatre ou cinq jours de beau temps, presque chauds, quand tout à coup, le 10, comme si quelqu'un avait décidé que cela avait suffisamment duré, le froid était arrivé. De gros nuages gris comme de la vieille bourre de coton couvraient le ciel en permanence et la température s'était mise à descendre graduellement. La neige n'allait sans doute pas tarder. Et les examens de la fin du deuxième trimestre aussi.

Dans la classe, on avait allumé le poêle. Maintenant, quand on entrait dans la salle en revenant du terrain de sport, l'air chaud vous sautait au visage. Le corps se réchauffait petit à petit, et là, il n'était pas facile de lutter contre le sommeil ! Urakawa était loin d'être le seul à somnoler. Enfin, il gardait tout de même une bonne longueur d'avance. Et pas vraiment discret. Il arrivait qu'il redresse la tête en sursaut, faisant aussi sursauter Coper par contagion.

Urakawa avait manqué quelques jours suite à l'incident de la dernière fois. La portion de champ visuel habituellement occupée par le dos rond d'Urakawa était restée vide, et pendant deux ou trois jours, ce champ visuel ouvert avait comme qui dirait dérangé Coper. Quatre jours, cinq jours… Urakawa ne revenait toujours pas.

Il a peut-être attrapé un rhume, s'était dit Coper.

Quand un élève de la classe manquait plus de deux ou trois jours, un de ses camarades passait généralement chez lui après les cours, histoire de prendre de ses nouvelles. Mais qui passerait chez Urakawa ? A peine la question eut-elle frappé l'esprit de Coper qu'il décida d'y aller lui-même.

Le samedi après-midi, après les cours, Katami rejoignit Coper et lui proposa d'aller jouer au football.

— Allez, on va mettre la pâtée à la classe 2, cette fois ! Parce que la dernière fois, ils ont failli nous avoir, je ne sais pas si tu te rappelles !

Kitami était manifestement motivé, mais Coper avait prévu d'aller voir Urakawa et ne répondit pas « Ah ouais, je viens ! » comme il aurait fait en temps normal.

— Désolé, j'ai une course à faire, répondit-il.

Kitami eut l'air déçu.

— Ah bon, dommage. Ce n'est pas marrant si tu n'es pas là.

Réponse qui eut pour effet de faire hésiter Coper un court instant, mais il s'en tint finalement à ce qu'il avait décidé en premier lieu, à savoir aller chez Urakawa. Il se sépara donc de Kitami et franchit seul le portail de l'établissement.

La journée était froide mais le ciel dégagé avec un beau soleil, un vent âpre sifflait aux oreilles.

Coper descendit du tram devant un grand temple du quartier de Koishikawa, sur une avenue large et neuve, et s'engagea sans attendre dans la montée à main droite. Il arriva à un vaste cimetière. Sur la gauche en bas de la côte, il aperçut la ruelle populeuse où habitait Urakawa. La tombe de son père se trouvait justement dans ce cimetière au sommet de la colline, il connaissait donc le quartier pour y être souvent venu. Mais c'était la première fois qu'il s'engageait dans une de ces minuscules ruelles.

Des deux côtés de la ruelle se dressaient d'étroites boutiques où l'on vendait du riz, des fruits et légumes, des patates douces grillées, des confiseries, elles étaient serrées les unes contre les autres et si basses de plafond que les passants devaient incliner la tête pour passer sous l'auvent, tout au moins les adultes. Et toutes sombres. Elles se continuaient en appartements de location sur deux étages, ce qui, vu de la rue, renforçait l'impression de confinement et d'étroitesse. Coper avait l'impression d'être entré dans un tunnel. Et une animation, avec ça ! Ça courait de partout, une femme en tablier de travail arpentait la rue à petits pas, pliée en deux sous le poids d'un petit enfant qui dormait sur son dos, un jeune homme en bottes de caoutchouc traversait la rue à vélo, tête baissée, des enfants crasseux jouaient aux samouraïs avec des sabres de bois en se faufilant partout. Au milieu de tout ce vacarme, régnait une odeur très particulière.

Coper progressait dans la rue en surveillant attentivement les magasins qu'il croisait sur la droite. Devant le marchand de viande, un gros homme en tablier sale était occupé à frire quelque chose. *10 sen la côtelette, 7 sen la croquette de viande*, disait un papier au-dessus de sa tête. A côté, des enfants lorgnaient vers une boutique de biscuits azymes en forme de poisson fourrés à la pâte de haricots rouges sucrée. La boutique suivante portait une grande enseigne écrite à la peinture : *Sagami-ya*. C'était un marchand de tôfu. Ah, voilà. C'était là.

Devant la boutique se trouvaient deux ou trois femmes, sans doute des mères de famille. Coper, qui se demandait ce qu'il allait pouvoir dire en entrant dans le magasin, resta un moment derrière elles.

A l'intérieur, une femme d'une quarantaine d'années, à la forte corpulence, un peigne planté dans son chignon pour retenir ses cheveux, servait la clientèle. Comme toutes les femmes ici, semble-t-il, elle portait un tablier de cuisine et avait retroussé ses manches jusqu'au-dessus des coudes. Impressionnants, tous ces tabliers ! Celui de la marchande de tôfu l'enrobait serré à craquer. On aurait dit un lutteur de sumo au visage sanguin, elle était pleine de vitalité et d'énergie.

— Et voilà un tôfu frais pour madame ! lança la patronne d'une voix claire et forte comme un homme en rendant à sa cliente la marmite d'émail bleue que celle-ci avait apportée et dans laquelle elle venait de glisser un pavé de tôfu.

La femme devant Coper prit la marmite dans ses mains et l'enveloppa dans un carré de coton dont elle fit un balluchon d'une main experte, avant de rentrer les épaules pour s'exposer le moins possible au froid en ressortant de la boutique.

— Et pour la madame suivante, deux pochettes d'*aburaage*, deux ! cria de nouveau la patronne tout en enveloppant prestement deux feuilles de tôfu frit dans un papier journal, puis en recevant la pièce de cuivre que lui tendit une jeune dame en échange.

Sans doute avait-elle déjà repéré Coper du coin de l'œil, car la pièce de cuivre n'était pas encore dans sa boîte à monnaie qu'elle lui lança :

— Et le jeune homme, qu'est-ce qu'on peut faire pour lui ?

Pris de court, Coper se sentit des palpitations.

— Ah, euh… Urakawa est là ?

La patronne baissa un regard dubitatif sur Coper. L'instant suivant, elle avait compris de quoi il s'agissait et acquiesçait de la tête.

— Ah, un ami de Tome ? Je vous avais pris pour un gamin que sa maman avait envoyé faire les courses, mais c'est apparemment autre chose, pas vrai ? Tome ? Oui, oui, bien sûr qu'il est là.

Elle se retourna alors vers le fond de sa boutique et appela de sa voix forte :

— Tome ! Un ami te demande !

Dans la pénombre au fond du magasin, on devinait quelqu'un de dos qui s'activait à un travail. Quand la patronne l'appela, il se retourna. C'était Urakawa.

— Ah, tiens… Honda ?

Quand Urakawa s'approcha, Honda en resta bouche bée. Bon, d'accord, il avait remarqué que les tabliers étaient à la mode dans le quartier, mais qu'est-ce que cela signifiait ? Même Urakawa ? En dessous, on devinait le pantalon extra large que Coper connaissait bien et des socques de bois. Sans le faire exprès, Coper ouvrit de gros yeux ronds en voyant Urakawa, une paire de longues baguettes de bambou à la main.

— Mais tu n'es pas malade ?

Urakawa semblait hésiter à trouver ses mots. C'est la femme qui répondit à sa place.

— Pas malade, non, mais notre apprenti est couché avec un bon rhume, et le père étant absent, on manquait de bras au magasin. Alors c'est moi qui lui ai demandé de manquer la classe quelques jours. Et on est tellement occupés que je n'ai même pas trouvé le temps de prévenir l'école, vous voyez… Ma foi, merci d'avoir pris la peine de venir, soyez le bienvenu, jeune homme. Entrez, entrez.

Coper suivit Urakawa et tous deux s'assirent sur la marche qui marquait l'entrée de l'espace privé de la famille. La mère d'Urakawa attrapa en grognant « oh hisse ! » une lourde jarre en laiton qui contenait du charbon de bois et servait de brasero et l'approcha de Coper, puis elle leur servit un gobelet de thé. Malheureusement, elle ne put pas rester longtemps avec eux : une nouvelle cliente venait d'entrer dans la boutique.

Coper, assis à côté d'Urakawa, ne savait pas trop quoi dire. Il s'humecta les lèvres d'une gorgée de thé pour se donner une contenance. Urakawa n'avait pas l'air très détendu non plus. Il finit par se lever d'un air gêné :

— Attends-moi un peu, j'en ai encore à frire.

Au fond du magasin se trouvait un énorme poêle à charbon de bois en terre cuite sur lequel une non moins énorme marmite de fer emplie d'huile bouillonnait.

— J'en ai pour une minute, juste le temps de frire ça, ajouta-t-il en pointant ses baguettes de bambou vers une table de travail où étaient posées quatre ou cinq fines tranches de tôfu.

Urakawa les prélevait délicatement et les plongeait dans l'huile bouillante, puis les repêchait avec les baguettes quand elles étaient cuites. Coper découvrit alors, pour la première fois de sa vie, que l'*aburaage* était du tôfu frit.

— Si je ne les fris pas maintenant, ce ne sera pas prêt pour la vente ambulante de ce soir, expliqua Urakawa sans quitter l'huile de sa marmite des yeux.

D'une main experte, il repêcha son dernier *aburaage* en souplesse. Un *aburaage* d'une jolie couleur rousse était suspendu au bout de ses baguettes. Une torsion du poignet pour faire goutter l'huile, puis il le déposa sur une grille métallique placée à côté. Le temps que le suivant soit prêt, il superposa ceux qui étaient en train d'égoutter sur la grille, agitant ses baguettes et sa main en rythme, *pof pof pof*, rectifiant l'alignement de la pile d'un léger coup du ventre de ses baguettes.

Woaw !

Coper avait du mal à retenir son admiration. Urakawa, oui, cet irrémédiable empoté d'Urakawa quand il s'agissait de sport, était d'une agilité et d'une précision parfaites aux baguettes longues ! Il fallait le voir pour le croire. Debout devant sa marmite à friture, Urakawa était un professionnel dans l'âme. Il possédait la même assurance et la même tranquillité d'esprit que le lanceur de baseball qui monte à la plaque avec cinq ou six ans d'expérience en ligue professionnelle.

— Woaw ! s'écria Coper, et cette fois ce n'était pas dans sa tête. Mais tu es super bon !

Urakawa reçut le compliment avec un sourire compliqué, moitié gêné, mais triomphant quand même.

— Combien il faut d'entraînement ?

— D'entraînement ?

— Bah, oui, combien d'entraînement ça demande pour arriver à cette précision ?

— Je ne me suis jamais entraîné de ma vie ! J'aide juste ma mère de temps en temps. Mais si j'en rate une, ça fait trois sen de perdus. C'est du sérieux…

Quand le lot dont il était en train de s'occuper fut frit, il appela sa mère.

— M'man, c'est prêt !

— C'est bien, merci !

La patronne déplaça son grand corps en petites foulées jusqu'à lui, attrapa l'énorme marmite en fer à l'aide d'un torchon mouillé, « oh hisse ! », et l'ôta du feu. De nouveau, Coper ne put retenir son admiration devant la force physique exigée par ce travail. Urakawa dénoua son tablier et s'essuya les mains avec un papier journal près de lui. Enfin, Coper reconnaissait l'Urakawa qu'il voyait tous les jours à l'école !

— Tome, vous devez avoir plein de choses à vous dire, pourquoi tu ne le conduirais pas dans ta chambre ? dit sa mère à Urakawa.

Puis, s'adressant de sa voix énergique à Coper :

— Pas vrai, jeune homme ? Suivez-le. Justement, il s'inquiétait beaucoup de manquer l'école. Ce n'est pas très propre, ici, mais ça vous fera une occasion de visiter une maison comme vous n'avez sans doute pas l'habitude d'en voir. Allez, Tome, fais-lui visiter. Pas vrai, jeune homme ? Ça vous changera des belles demeures, vous en voyez tellement, ça ne vous amuse même plus, je parie !

Urakawa et Coper montèrent donc dans la partie privée de la maison et grimpèrent par le raide escalier jusqu'à la chambre d'Urakawa, où il faisait aussi ses devoirs.

C'était une pièce toute simple de trois tatamis, exposée au nord.

L'unique fenêtre, munie d'un rebord, laissait entrer le jour par une vitre en verre sablé. Seule la partie la plus haute, d'où l'on voyait le ciel gris acier d'hiver, était de verre transparent. Le vent gémissait au-dehors, et la fenêtre faisait un boucan incessant.

Sur le bureau bas devant la fenêtre à glissière, Coper reconnut les livres de classe, les cahiers et le sac d'Urakawa. Les deux garçons s'assirent en tailleur sur des coussins plats, l'un en face de l'autre, et se hâtèrent de poser leurs mains sur le brasero en faïence. Les mains d'Urakawa étaient couvertes d'engelures, dont une ouverte, qui bâillait au niveau de la deuxième phalange de l'index.

— Tu sais quand commencent les examens du second trimestre ?

— Le 17.

— Ils ont déjà annoncé les horaires ?

— Non, pas encore. On devrait nous le dire lundi prochain, en principe.

A cette nouvelle, Urakawa prit un air inquiet.

— Vous avez avancé jusqu'où en anglais ?

— On a fini le chapitre 16.

— Et en maths ?

— Aujourd'hui, on a attaqué les proportions.

En japonais ? En histoire ? En géo ? En sciences naturelles ? Urakawa s'enquit avec fébrilité de l'avancée du programme dans chaque matière pendant qu'il avait été absent. Coper lui montrait sur ses manuels de classe où ils en étaient. Urakawa marquait l'endroit d'un signe au crayon et comptait et recomptait le nombre de pages. Il avait l'air si anxieux de tout ce travail qu'il allait devoir rattraper que Coper se sentit désolé pour lui.

— Ne t'inquiète pas. Ce n'est que cinq jours d'absence, tu vas rattraper ça très vite.

— Tu crois ? Mais je n'ai pas un moment à moi pour travailler dans la journée, et le soir, je suis tellement crevé…

— Ce qu'on fait en ce moment, ce n'est pas vraiment difficile. Un survol rapide et c'est tout bon, tu verras.

— Si j'étais intelligent comme toi, oui, peut-être… répondit Urakawa avec un triste sourire.

Même en temps normal, Urakawa se levait avant l'aube et aidait à fabriquer le tôfu avec les autres avant de se dépêcher d'aller à l'école. C'est pourquoi il était pris d'un coup de barre autour de midi et piquait régulièrement du nez pendant la classe. Alors en ce moment, avec son père absent et l'apprenti malade, il était seul à tenir la boutique avec sa mère et un jeune aide qui venait d'arriver et n'était pas encore suffisamment formé. Bref, il travaillait trois fois plus que d'habitude, sans encore avoir l'endurance d'un adulte. Au moins, il connaissait la marche à suivre et pouvait enseigner le métier au jeune. La maison ne pouvait pas se passer de lui, mais quand il pensait aux examens du trimestre qui approchaient et à son retard qui s'accumulait, le pauvre, il se sentait vraiment en mauvaise posture.

— Quand est-ce que tu pourras revenir au collège ?

— Si papa rentrait, je pourrais y aller demain…

— Mais ton père ne revient pas, c'est ça ?

— Je ne sais pas. Il devrait déjà être de retour depuis trois jours.

Coper lui demanda où son père était parti et la raison qui pouvait l'avoir retenu, et Urakawa accepta de lui raconter les circonstances, d'une voix pesante.

D'après ses explications, son père était parti à Yamagata, dans le nord du Japon, d'où il était originaire. Sa mère aussi était native de Yamagata et plusieurs de ses oncles et tantes y vivaient encore. D'ailleurs Coper avait remarqué que le nom de la boutique, Sagami-ya, n'était pas un nom de Tokyo. Urakawa lui apprit que son père avait reçu ce nom de son ancien patron, quand il avait quitté le magasin où il travaillait pour s'établir à son compte.

Si son père était parti dans sa région d'origine, c'était pour réunir de l'argent. Combien de dizaines ou de centaines de yens, Urakawa l'ignorait, comme il ignorait pour quoi faire. Mais ce qui était sûr, c'est que sans cet argent la famille était dans le marasme. Il était donc parti dans un coin reculé de Yamagata, où la neige était déjà abondante en cette saison, pour consulter ses oncles. Pour Urakawa, il était clair que s'il ne revenait pas, c'était parce qu'il n'avait pas réussi à trouver assez d'argent. Il n'en savait pas plus, et cela rendait Coper d'autant plus inquiet concernant l'état d'esprit de son ami. Ce n'était encore qu'un enfant, mais sa voix en évoquant ces événements avait des accents d'adulte, comme un voile d'ombre.

— N'en parle à personne, surtout. Même ma mère croit que je ne suis au courant de rien, ajouta

Urakawa à voix basse. La veille du départ de mon père, je me suis levé au milieu de la nuit et j'ai entendu mon père et ma mère raconter exactement ce que je viens de te dire.

Coper ne trouvait pas de mots pour rassurer Urakawa. Cela devait être sacrément lourd à porter. Lui, depuis qu'il était né, il n'avait jamais eu l'expérience d'un tel poids sur la poitrine. Mais que pouvait-il faire pour lui ? Il le plaignait, certainement, mais que faire d'autre ? L'inquiétude d'Urakawa était réelle, alors dire une bêtise risquait d'être pire qu'autre chose. Coper regardait en silence le charbon de bois dans le brasero. La fenêtre claquait et tremblait, et le vent dehors grondait sans arrêt. C'était le bruit de la peur que Coper commençait à entendre dans le lointain.

— Sérieux, ne le dis à personne, hein ? répéta Urakawa au bout d'un moment.

— Non, non, je ne le dirai pas, répondit Coper, soulagé.

Car si cela suffisait à Urakawa pour se sentir rassuré, il pouvait lui faire plaisir à bon compte. Sa voix avait inconsciemment pris de l'assurance.

— Je ne le dirai pas, promis. Je me coupe le petit doigt si je mens.

Il tendit son petit doigt en l'air. Si cela suffisait à Urakawa, pour sûr il pouvait lui faire toutes les promesses qu'il voulait.

Urakawa enroula son petit doigt gercé autour de celui de Coper et chacun tira de son côté de toutes ses forces. Ils avaient tous deux le visage grave. Urakawa, surtout, dont les doigts le faisaient souffrir, se mordit les lèvres. Mais quand leurs doigts se dénouèrent, ils se regardèrent et éclatèrent de rire.

Urakawa avait entièrement confiance en Coper, cela se voyait dans ses yeux.

Au même instant, de la pièce voisine, on entendit tousser.

— Ah oui, il faut s'occuper de Kichi aussi, murmura Urakawa. C'est notre apprenti, il est couché avec un rhume carabiné. Je vais juste voir s'il n'a besoin de rien.

Il se leva, fit coulisser la cloison en bois. Un gamin de six ans à peine se trouvait dans le couloir. Et derrière lui, une fillette de dix à onze ans, qui tenait d'une main peu assurée un plateau avec une assiette à gâteau et un gobelet de thé. Le garçon était vêtu d'un haut et d'un bas en laine. De visage, il ressemblait à Urakawa comme deux gouttes d'eau, avec son visage rond et ses deux yeux comme de simples entailles. Ses joues, ses mains étaient crasseuses, ainsi que ses vêtements. La fille portait un bébé sur le dos. Elle aussi portait des vêtements occidentaux en laine.

Le garçon resta là à regarder Coper par en dessous. La fille pénétra dans la pièce, son plateau tremblotant à la main. Sans doute s'était-elle dit que c'était le moment idéal pour mettre en pratique les bonnes manières qu'elle avait apprises à l'école. Elle avançait un pas après l'autre, le plateau tenu à deux mains au bout de ses bras tendus, l'air aussi concentré que si elle venait recevoir son diplôme le jour de la cérémonie de fin de l'école. Elle s'agenouilla devant Coper, inclina poliment la tête pour le saluer, posa son plateau, salua de nouveau. Sur l'assiette posée sur le plateau, un filet de vapeur s'élevait de plusieurs gâteaux de pain azyme en forme de poisson, fourrés à la pâte de haricots rouges sucrée.

— Ta petite sœur ? demanda Coper à Urakawa.

— Oui. Et lui, là-bas, c'est mon petit frère.

La sœur d'Urakawa se redressa et fit un demi-tour à droite en trois mouvements, une, deux, trois. Elle allait ressortir de la pièce quand elle s'immobilisa et se mit à crier contre le petit frère.

— Bun ! Qu'est-ce que tu fabriques ? Petit mal élevé ! Euh... Oh là là ! Et où est-ce que tu as appris la politesse, gros vilain ! Allez, viens !

Le gamin avait profité de l'intermède pour pénétrer dans la pièce et regardait de toutes ses forces les *taiyaki* sur l'assiette. Toute son attention occupée par ce spectacle, les paroles de sa sœur n'atteignaient pas ses oreilles.

— Viens ici, je te dis ! Tu me fais honte !

Elle attrapa son frère par la main et le tira vers elle. Le dénommé Bun se dégagea sans ménagement et reprit son observation fascinée des pâtisseries sur leur assiette.

Coper prit un gâteau en forme de poisson et le lui tendit. Le gamin leva la tête vers Coper pour vérifier qu'il pouvait bien en croire ses yeux, l'accepta sans rien dire et le porta sans attendre à sa bouche, provoquant la colère immédiate de sa sœur.

— Non, mais quelle éducation ! On ne t'a jamais appris la politesse ? Tu vas voir, je le dirai à maman, d'abord.

Et elle éloigna le gamin en le tirant rudement hors de la chambre. Bun enfourna le gâteau dans sa bouche à s'en faire éclater les joues et se laissa emporter.

— Ma sœur est plus intelligente que moi, elle est chef de classe, dit Urakawa.

Puis chacun mangea un *taiyaki*. C'était la première fois de sa vie que Coper mangeait un *taiyaki*. Sa mère ne lui donnait jamais de ces desserts qui passaient pour bien peu raffinés. Et comme elle disait que cela lui donnerait mal au ventre, Coper n'avait jamais éprouvé le besoin d'y goûter. Or, il trouva cela délicieux. Etait-ce parce qu'il avait faim ?

Khoff, khoff...

On entendit de nouveau une toux étouffée.

— Ah, j'avais oublié ! J'étais en train d'aller voir Kichi…

Urakawa posa son *taiyaki* à moitié mangé sur le plateau et sortit de la pièce en s'excusant.

Un instant plus tard, de la chambre voisine où semblait reposer le malade, les chuchotements d'une conversation à voix basse lui parvinrent.

— … Non, non, ne t'inquiète pas. Ça va.

C'était la voix d'Urakawa. Qu'est-ce qui allait ? Coper ne put saisir la réponse.

— … Mais non, reste couché, je m'en occupe…

Décidément, Urakawa insistait pour persuader le malade de quelque chose. Au bout d'un moment, on entendit du bruit au coin du couloir. Coper se leva et passa la tête par la porte coulissante pour voir d'où venait le bruit. C'était Urakawa, dans un coin sombre, qui frappait de toutes ses forces pour casser un bloc de glace dans une bassine avec un poinçon. Une poche à glace dont le contenu était entièrement fondu reposait, sans forme, à ses pieds. Il était en train de changer la poche à glace pour faire baisser la température de Kichi l'apprenti.

— Bon, je ne vais pas tarder à rentrer.

Il était quinze heures quand Coper prit finalement congé d'Urakawa. Avant de partir, il lui fit une deuxième promesse : il reviendrait mercredi prochain et lui expliquerait les points importants en anglais et en maths, les matières dans lesquelles Urakawa avait le plus de mal. Et il lui prêterait ses cahiers avant l'examen. C'est Coper qui l'avait proposé. En échange, Urakawa promit de lui laisser actionner le broyeur de haricots de soja posé contre le mur de la boutique, avec sa meule de pierre entraînée par une courroie de cuir reliée à un moteur électrique. Et Coper, bien entendu, lui fut très reconnaissant de cette proposition. En fait de moteur, Coper n'avait jamais actionné que des mécanismes de jouets achetés dans les grands magasins. Rien à voir avec un vrai moteur.

— Allons bon, vous rentrez déjà, jeune homme ? l'apostropha la mère d'Urakawa de sa voix vigoureuse tout en servant une cliente. Désolée de n'avoir rien fait pour vous, mais revenez quand vous voulez. Mon Tome ne présente pas aussi bien que vous, vous avez dû le trouver assez horripilant, mais moi, je sais que cela lui a fait bien plaisir de recevoir votre visite... Pas vrai, Tome ?

Tome eut un sourire timide et acquiesça d'un signe de tête muet.

Mais un plus grand plaisir encore lui arriva moins d'une minute plus tard. Coper sortait du magasin, suivi d'Urakawa qui voulait l'accompagner un bout de chemin, quand un vélo rouge de la poste s'arrêta justement à leur hauteur. Un jeune facteur en sauta à bas, léger comme un oiseau.

— Madame Urakawa ? Télégramme pour vous.

Un télégramme en provenance de Yamagata, cela va sans dire. Urakawa en était certain. Il ne quitta pas sa mère des yeux pendant qu'elle ouvrait le message et le lisait. Son visage lui dirait s'il s'agissait d'une bonne ou d'une mauvaise nouvelle. Et Coper, qui se demandait lui aussi quelle réaction montrerait la mère d'Urakawa, ne pouvait détacher son regard du visage lunaire de la grosse dame. Celle-ci lut le message d'un air absorbé. Mais quand elle fut arrivée au bout, elle était tout sourire. Les deux garçons lâchèrent un soupir. Madame Urakawa était soulagée, sans aucun doute.

— Tome, ton père rentre ce soir, tiens, regarde…

Elle tendit le télégramme à son fils. Les caractères violet pâle disaient :

Tout est arrangé stop rentre ce soir stop

Coper et Urakawa sortirent. Même dans cette petite rue étroite on apercevait un bout de ciel bleu. La bise glaciale sifflait toujours au-dessus des toits.

Côte à côte, Coper et Urakawa refirent toute la longueur de la ruelle, presque du tunnel, et ressortirent sur l'avenue du tramway, pleine de monde. Mais Urakawa ne semblait pas faire attention aux gens autour de lui.

— Dis, fit-il à voix basse. *Tout est arrangé*, ça veut bien dire que l'oncle a accepté, non ?

— Je crois bien, oui.

— Oui, oui, ça ne peut être que ça.

— Bien sûr ! Evidemment que c'est ça !

La conversation devenait de plus en plus allègre.

Les soucis d'Urakawa s'étaient faits plus légers, tout à coup. Il allait pouvoir retourner en cours. A la sorte de bondissement qu'il avait à chaque pas, on pouvait lire la joie qui l'habitait. En classe, on se moquait de lui, il était la proie des brimades et du mépris des autres, et malgré tout, aller à l'école, c'était sa plus grande joie.

Au sortir de la ruelle, ils marchèrent de concert sur l'avenue jusqu'au bout du quartier, où ils se séparèrent.

— Allez, à bientôt... dit Urakawa comme à regret, en retournant vers le quartier des tabliers flottants.

Le vent était très fort sur l'avenue. Coper rentra les épaules pour donner moins de prise aux rafales et se mit à marcher à grands pas. Pour se réchauffer, mais pas seulement. A vrai dire, il ne savait pas pourquoi mais il se sentait comme qui dirait l'envie de marcher à grands pas pleins de vigueur, aujourd'hui.

Chose promise chose due, Coper retourna chez Urakawa le mercredi suivant. Je vous passe le détail de tout ce qui se passa ce jour-là, ça ferait un peu long. Quoi qu'il en soit, Urakawa réussit à combler son retard dû à ses quelques jours d'absence, ce qui lui fut un grand soulagement. Quant à Coper, il éprouva le plus grand plaisir de sa vie en appuyant sur le bouton pour mettre en marche le moteur du broyeur à haricots de soja.

Son enthousiasme quand la machine se mit à rugir fut tellement intense que la mère d'Urakawa, oui, la dame un peu enveloppée dans la boutique, se campa sur ses jambes, posa ses poings sur les hanches et resta à le regarder d'un air ébahi.

Alors ça ! Ce n'est pas mon garçon qui réagirait comme ça ! On peut dire qu'ils sont différents, ces deux-là ! semblait-elle dire.

Coper rentra un peu tard chez lui et dîna un peu plus tard que d'habitude. Il était déjà huit heures, mais malgré l'heure tardive, il ressortit pour se rendre chez son oncle, qui n'habitait pas loin.

Son oncle était en train de lire le journal du soir, assis sous la table chauffante, éclairé par une lampe basse. A peine se fut-il glissé lui aussi sous l'édredon de la table chauffante que Coper s'empressa de raconter ses exploits de la journée.

— Mon oncle, aujourd'hui, j'ai fait marcher un moteur !

— Un moteur ? Celui d'un de tes jouets, tu veux dire ?

— Peuh ! Tu me prends pour un gamin ? Un vrai moteur d'une vraie machine !

— Oh ! C'est formidable, ça, dis donc ! Et un moteur de quoi ?

Coper hésita. Pouvait-il répondre « la machine d'un marchand de tôfu » ?

— Tu as visité une usine ? demanda l'oncle.

— Oui.

— Une usine de quoi ?

— Une usine de transformation alimentaire !

Voilà au moins qui avait de l'allure.

— A partir de quels ingrédients ?

— Eh bien, euh... on prend d'abord des haricots de soja...

— Oui, et ensuite ?

— Ensuite on les fait bouillir...

— Et ?

— Ensuite on les broie...

A ce moment, l'oncle se mit à sourire. Il n'avait plus besoin de poser de question pour compléter de lui-même.

— ... Puis on cuit le mélange à la vapeur dans une corbeille de bambou, on les coupe en blocs de quatre ou cinq centimètres de large sur sept centimètres de long et deux centimètres d'épaisseur, on les met à refroidir dans l'eau, et on les vend cinq sen le bloc, peut-être ?

— Zut, comment tu as deviné ? fit Coper en se grattant la tête.

L'oncle éclata de rire, puis redevint sérieux.

— Tu es allé chez Urakawa ?

Coper raconta dans le détail ses deux visites chez Urakawa. Il raconta comment tout ce qu'il avait vu et entendu chez Urakawa était totalement nouveau pour lui. Et il était très excité de raconter tout ça à son oncle.

— La mère d'Urakawa est extraordinaire, elle est forte comme un lutteur de sumo ! Elle fait « oh hisse » et elle soulève une énorme marmite en fer remplie d'huile bouillante. Je suis sûr qu'elle a plus de force que toi !

— Oh ! Ça, c'est pas ordinaire, alors ! Je vais y réfléchir à deux fois avant d'entrer chez Urakawa, je pourrais me faire jeter dehors comme une miette !

— Non, non, si tu ne fais rien de mal, ça ira. Elle est très gentille. Moi, je l'aime bien.

Coper répondit à toutes les questions de son oncle et raconta dans les moindres détails ce qui s'était passé chez Urakawa. Sauf le fait que son père était parti à Yamagata demander de l'argent, conformément à sa promesse.

Quand Coper eut fini son récit, l'oncle médita un instant.

— Urakawa et vous autres de ta classe, vous êtes tellement différents à tous points de vue… Rien d'étonnant à ce qu'Urakawa ne parvienne pas à s'intégrer au reste de la classe, en fait. D'ailleurs, Coper, il y a un truc auquel je voudrais que tu réfléchisses.

— Oui ? A quoi ?

— Selon toi, quelle est la principale différence entre Urakawa et ses camarades de classe ?

— Eh bien…

Coper était un peu embarrassé. Après un moment d'hésitation, il répondit avec gêne :

— Eh bien, sa famille n'est pas riche. Nous… nous ne sommes pas pauvres.

— Parfaitement, acquiesça l'oncle. Et mis à part la situation de sa famille, quelle différence y a-t-il entre Urakawa et vous autres d'un point de vue humain ?

— Euh…

Coper ne voyait pas la réponse.

A cet instant, la pendule indiqua neuf heures trente et sonna un coup. Il y avait cours demain. Coper ne pouvait pas rester éveillé trop tard. Le jeu des questions-réponses s'arrêta là et il rentra chez lui en vitesse.

Cependant, la dernière question de son oncle était capitale. Jetons un coup d'œil sur le cahier de l'oncle de Coper pour en savoir un peu plus. Car, en effet, ce soir-là, dès que Coper fut rentré, l'oncle sortit son cahier et se mit à écrire avec ardeur.

LE CAHIER DE L'ONCLE

Sur ce qui fait de nous des humains (et sur la pauvreté)

I

Cher Coper,

C'est très gentil à toi d'être allé rendre visite à Urakawa et c'est une bonne chose. Urakawa doit être heureux d'avoir reçu un signe de sympathie qu'il n'avait pas escompté, lui qui est tout le temps maltraité à l'école. Et toi, j'imagine que tu ne t'attendais pas à éprouver autant de plaisir en te montrant gentil envers un camarade solitaire et moins favorisé. Et c'est une si belle expérience de trouver comme tu l'as fait chez Urakawa, que tout le monde traite comme un imbécile, une véritable bonté, un beau cœur. Pendant que j'écoutais ton récit, je dois dire que j'ai été impressionné en particulier par le fait que rien dans ta conduite, ni même dans ta façon d'en parler, ne trahissait le moindre sentiment de supériorité. Je pense que c'est parce que tous les deux, aussi bien Urakawa que toi, vous êtes des êtres d'une nature droite et franche. Si Urakawa était un garçon tordu ou faux jeton, sans doute te serais-tu fait des réflexions du genre : « Non mais, pour qui il se prend, nul en classe comme il est… » Ou peut-être même : « Non mais, pour qui il se prend, ce moins-que-rien… » Même si tu ne l'avais pas dit, tu l'aurais peut-être pensé. Et si tu ne l'as pas pensé, c'est d'abord grâce à Urakawa, parce que c'est un garçon gentil et droit dans sa tête. D'un autre côté, si tu étais vaniteux, si tu étais imbu de tes bonnes notes scolaires, tu aurais regardé de haut cette famille pauvre, ou alors tu aurais aidé ton ami en faisant sonner ta supériorité, ce qu'Urakawa, même avec son bon caractère, n'aurait pas accepté avec plaisir, sans doute. Je suis vraiment heureux qu'aucun de vous deux n'ait eu ce genre d'attitude. En particulier, le fait que tu n'aies pas considéré avec mépris les conditions de vie de la famille d'Urakawa est un vrai bonheur pour moi.

Tu t'en apercevras en grandissant, les gens qui ont des conditions de vie difficiles éprouvent souvent un sentiment d'infériorité. Ils ressentent une certaine honte d'avoir des vêtements misérables, une maison sale, de manger une cuisine humble et banale. Bien sûr, certains vivent fièrement malgré la pauvreté, mais d'autres se plient en courbettes devant les riches, comme s'ils ne se considéraient pas comme des êtres humains au même titre que les autres, et ce ne sont pas les moins nombreux. Et ceux-là sont méprisables, en effet. Non pas parce qu'ils n'ont pas d'argent. Mais il ne faut pas s'étonner d'être méprisé quand on se comporte lâchement. Cependant, Coper, il est inévitable, malgré un solide amour-propre, de se sentir parfois abattu par un sentiment d'infériorité, quand on voit ses conditions de vie et qu'on se sait pauvre. Inutile de titiller ce sentiment d'infériorité, la bonne attitude à avoir est de toujours rester discret, n'oublie pas ça. Pour un être humain, rien ne fait plus mal qu'une blessure d'amour-propre. Et il est tellement courant de devoir en ravaler d'amères quand on est pauvre… Fais attention à ne pas blesser l'amour-propre déjà fragile d'une personne sans même t'en rendre compte.

Parce que, bien sûr, il n'y a aucune raison de se sentir inférieur parce qu'on est pauvre. La valeur d'un être humain, je n'ai même pas besoin de te le dire, ne réside pas dans la qualité de ses vêtements, de sa maison ou de sa nourriture. Il aura beau porter les plus beaux vêtements et vivre dans la résidence la plus somptueuse, un imbécile restera toujours un imbécile, et un minable, un minable, ce n'est pas son train de vie qui va faire monter sa valeur en tant qu'humain. Inversement, un humain au cœur noble, doté d'une haute conscience des choses, fût-il pauvre, sera toujours digne de notre respect. Un humain sûr de sa valeur en tant qu'humain ne craint pas les revers de fortune et restera toujours serein quelles que soient les circonstances de la vie. Voilà pourquoi, tant que nous nous conduisons en être humain, nous ne devons jamais penser que nous ne valons rien pour la seule raison que nous sommes pauvres – pas plus que le fait de vivre dans l'abondance ne fait de nous un individu supérieur en quoi que ce soit. Vivre en gardant à l'esprit sa vraie valeur en tant qu'être humain, voilà ce qui compte.

N'empêche. Ce n'est pas parce qu'il faut toujours garder cela à l'esprit que l'on peut se dispenser de faire attention à ne pas blesser le très sensible amour-propre des gens pauvres. En tout état de cause, Coper, mets-toi un peu à leur place, apprends le goût amer de la pauvreté, tu ne pourras pas prétendre être capable de te lancer dans le monde tant que tu n'auras pas enduré ce qu'ils endurent sans rien retrancher de ta dignité. Ne l'oublie jamais. Si tu tires vanité, même un tant soit peu, de ton mode de vie aisé, ou si tu prends de haut ceux qui n'ont pas ta fortune, alors tu auras mérité que les gens qui ont du cœur te regardent avec une grimace de dégoût. Les gens qui ne savent pas ce qui est essentiel chez un être humain sont de pitoyables idiots.

Mais, par bonheur, je sais que tu n'as pas montré de supériorité déplacée quand tu étais chez Urakawa. Maintenant, je sais que tu ne méprises pas les gens parce qu'ils sont pauvres. Tu ne peux pas savoir combien il sera important de conserver cet état d'esprit en devenant adulte. Et justement, voici l'occasion idéale pour te le faire comprendre. Plus tu connaîtras le monde, plus ce sera important. Ou plutôt, si tu veux avoir une réelle connaissance du monde, alors il est essentiel que tu ne perdes pas cette façon de voir. Pourquoi ? Eh bien, écoute bien ce que je vais te dire : parce que l'immense majorité des humains sont pauvres. L'immense majorité des êtres humains n'ont pas la possibilité de vivre dans des conditions humaines, et ça, c'est le plus gros problème que connaît notre monde d'aujourd'hui.

II

Tu as vu la différence entre les conditions de vie de la famille d'Urakawa et celles de ta famille à toi. Tu t'es dit que la famille d'Urakawa était plus pauvre que la tienne. Et pourtant, sais-tu qu'il existe énormément de gens dans le monde qui ne disposent même pas du niveau de vie de la famille d'Urakawa ? Pour ces gens-là, la famille d'Urakawa n'est pas du tout pauvre. Peut-être cela t'étonne-t-il ?

Mais réfléchis un peu aux jeunes apprentis qui travaillent chez Urakawa. Ils travaillent avec l'espoir, d'ici un certain nombre d'années, d'ouvrir un magasin à peu près aussi grand que celui d'Urakawa. Tu peux dire que la famille d'Urakawa est pauvre, n'empêche que leur fils va au collège. Les apprentis qui travaillent chez lui ont dû arrêter l'école au niveau du primaire. D'autre part, la famille d'Urakawa possède un broyeur à soja pour fabriquer le tôfu, achète le soja qui est la matière première du tôfu, paie le salaire des apprentis, bref, gère son budget comme une véritable entreprise. Alors que les apprentis ne possèdent rien d'autre que leur force de travail et vivent au jour le jour. Leur survie n'est assurée que tant qu'ils sont en mesure de travailler jour après jour à la force de leurs bras.

Qu'ils tombent malades ou se blessent, s'ils ne peuvent plus travailler, que deviendront-ils ? Pour ceux qui ne peuvent compter que sur leur force physique pour vivre, ne plus pouvoir travailler signifie mourir de faim. C'est malheureusement la vérité : de nos jours, ceux qui risquent le plus de perdre leur force de travail vivent dans les conditions les plus risquées pour leur santé physique :

alimentation sommaire, logements insalubres, sans compter qu'ils ne disposent pas du luxe de pouvoir se reposer de la fatigue accumulée la veille. Il faut qu'ils travaillent sans arrêt, une journée poussant l'autre.

Te rappelles-tu, l'été dernier, quand nous sommes allés tous les trois, toi, ta mère et moi, à Bôshû ? Nous avions pris le train à Ryôgoku, et pendant un moment, du haut du viaduc, nous avons regardé la forêt de cheminées qui crachaient leur fumée noire autour de Honjo-ku et Jôtô-ku. Il faisait une de ces chaleurs, ce jour-là ! Le ciel d'été était aveuglant, et nous avons regardé ces toits serrés les uns contre les autres, sans le moindre interstice, et ces cheminées en nombre infini jusqu'à l'horizon. Le vent chaud rabattait la fumée jusque dans le train. A peine avions-nous quitté Ryôgoku que tu as demandé une glace. Il faisait une chaleur insupportable à Tokyo et pendant que, nous, nous allions trouver le frais à Bôshû, sous chacune de ces cheminées des dizaines ou des centaines d'ouvriers transpiraient et travaillaient dans la fumée et la poussière. Puis le train a quitté Tokyo, les rizières s'étendaient cette fois à perte de vue et nous avons soupiré d'aise en sentant le vent frais. Pourtant, réfléchis un peu, ces rizières verdoyantes, ce sont bien des paysans qui les entretiennent à la sueur de leur front, sans jamais partir nulle part pour trouver le frais. Nous les avons vus, tu te souviens, par la fenêtre du train, des dizaines de paysans, leurs femmes aussi, dans l'eau jusqu'aux reins, qui coupaient les mauvaises herbes.

Ces gens existent. Dans toutes les régions du Japon. Non, dans le monde entier, partout, et ils représentent plus de la moitié de la population humaine. Tu n'imagines pas tous les handicaps qu'ils doivent surmonter. Ils manquent de tout et ne peuvent même pas se soigner quand ils tombent malades. Ils n'ont pas l'occasion de s'élever par l'étude ou la lecture des grands écrivains, tout ce qui fait l'orgueil de l'humanité, sans parler des grands musiciens ou des grands peintres, tout cela est un idéal hors de portée pour eux. Coper, toi qui as lu les deux volumes des *Réalisations de l'humanité*, tu connais la brillante histoire de l'humanité, qui a progressé pendant des milliers et des milliers d'années depuis les temps reculés où l'homme vivait encore comme une bête jusqu'à l'état actuel de la civilisation. Mais ce que tu dois savoir, c'est que les fruits de la civilisation, le produit de ces efforts, ne sont pas distribués à l'ensemble de l'humanité.

Ce n'est pas juste, penseras-tu, j'en suis sûr.

Et certainement, tu as raison : c'est injuste. Vivre comme un être humain, cela n'a de sens que si tous les hommes jusqu'au dernier vivent comme des êtres humains. Si certains sont laissés pour compte et vivent comme des animaux, alors l'humanité n'est qu'un mensonge. Tant que la société n'est pas équitable, elle n'est qu'un mensonge. Pour peu qu'on soit honnête avec soi-même, on ne peut rien objecter à cette idée. Et pourtant, nous pouvons le regretter autant que nous voulons, la société est encore loin d'avoir atteint ce niveau. L'humanité a évolué, certes, mais pas encore jusque-là. Ces problèmes ont été laissés en chantier.

Tant d'événements qui font mal au cœur surviennent dans le monde à cause de la pauvreté. Tant de gens s'enfoncent dans le malheur. Et tant de combats fratricides s'enracinent en elle. Je ne veux pas détruire ton bonheur actuel en te parlant de ces choses maintenant. Tu les découvriras bien assez tôt, à mesure que tu deviendras adulte, sans que j'aie besoin de te les mettre sous le nez.

Alors comment se fait-il que dans notre monde si civilisé existent encore des choses aussi détestables ? Pourquoi la misère n'a-t-elle pas encore été éradiquée ? Sans doute est-il encore un peu tôt pour que tu en comprennes entièrement la raison. Il ne sera pas trop tard pour te former un avis approprié quand tu seras plus grand et plus pleinement conscient de la complexité du monde, quand ta pensée aura mûri.

Mais ce que je voudrais que tu comprennes dès à présent, c'est à quel point il est formidable que dans le monde où nous vivons aujourd'hui, toi, tu puisses étudier et développer librement tes talents. Réfléchis bien à ce mot, Coper ! *C'est formidable ! Arigatai !* On l'emploie pour dire « je vous en suis reconnaissant » ou « cela mérite toute ma gratitude». Mais le sens originel de ce mot, c'est: «le fait même que cette faveur se réalise est extraordinaire», ou: «cette faveur ne tombe pas sous le sens», et c'est parce qu'elle ne tombe pas sous le sens qu'elle mérite notre gratitude. La formule a ensuite évolué pour donner la formule de politesse *arigatô, merci*. Mais si tu considères le monde dans son ensemble, quand tu vois la situation dont tu jouis actuellement, tu ne peux que te dire «c'est formidable!» au plein sens du terme.

Tous les enfants qui ont achevé l'école primaire ne poursuivent pas leurs études dans le secondaire comme toi et tes camarades. Et parmi ceux qui continuent, il y en a comme Urakawa qui doivent prendre sur leur temps d'études pour aider leur famille. Alors que toi, tu peux t'adonner entièrement à tes études, rien ne vient t'en empêcher. L'humanité a redoublé d'efforts pendant des dizaines de milliers d'années pour te permettre de jouir de cette liberté d'apprendre et d'étudier! N'est-ce pas formidable, ça?

Par conséquent…

Mais je n'ai pas besoin de t'en dire plus, tu l'as déjà compris, n'est-ce pas? Je n'ai pas besoin de t'indiquer l'attitude que doivent avoir les privilégiés comme toi dans la vie, quelle pensée doit t'animer, n'est-ce pas?

Ton père le souhaitait, ta mère y met toutes ses espérances, et moi, je forme le même vœu pour toi, de tout mon cœur.

Développe tes talents, fortifie tes capacités, et mets-toi au service de la société tout entière !

Je compte sur toi, Coper !

III

Pour finir, je voudrais te soumettre un problème et que tu essaies d'y réfléchir.

Tu as bien compris par quel « réseau » tous les humains sont reliés les uns aux autres. Alors même que ceux qui travaillent dans des conditions difficiles et nous autres qui vivons dans une relative facilité, nous semblons n'avoir aucun contact les uns avec les autres, en réalité nous sommes reliés de façon indéfectible par les mailles de ce réseau. C'est pourquoi ce serait une faute morale de nous concentrer uniquement sur notre bonheur sans nous préoccuper de celui des autres. Mais si penser à ces autres-là revient à les considérer comme de pauvres gens, des malheureux, envers lesquels nous devons faire preuve de compassion, c'est aussi une grossière erreur. Car il y a une chose essentielle qu'il ne faut jamais oublier, Coper.

C'est vrai, parmi ceux qui ont toujours dû se battre pour vivre, qui n'ont étudié que jusqu'à l'école primaire car ils ont tout de suite dû gagner leur vie, certains, mêmes adultes, n'ont même pas ton niveau actuel de connaissances. La plupart ne connaissent pas les bases de la géométrie, de l'algèbre, de la physique, toutes ces disciplines que l'on ne découvre qu'à condition de continuer ses études dans le secondaire. Nombreux sont ceux dont les goûts restent vulgaires. Il n'est pas très difficile dans ces conditions de penser que tu leur es supérieur. Et pourtant, change un peu de point de vue, car c'est sur leurs épaules que le monde repose. Ils sont bien plus importants que toi. Réfléchis-y. Tout individu a besoin pour vivre du produit du travail des autres, sans aucune exception. Regarde, même les sciences et les arts, les professions les plus nobles, ont besoin pour exister du travail et de la sueur des autres. Sans ce travail-là, il n'y aurait ni culture, ni progrès de l'humanité.

Eh bien, et toi ? Qu'est-ce que tu produis ? De la société, tu reçois beaucoup, mais qu'est-ce que tu donnes ? Qu'est-ce que tu apportes ? La réponse est simple : tu consommes, mais tu ne produis encore rien. Tu n'es qu'un collégien mais tu as déjà besoin d'énormément de choses : de manger trois repas par jour, sans compter les friandises, pour étudier tu as besoin de crayons, d'encre, de plumes, de papier… Tes vêtements, tes chaussures, ton bureau, la maison où tu habites, tout cela deviendra un jour ou l'autre inutilisable, tout cela s'usera, c'est donc bien que tu les utilises aussi. Pour dire les choses autrement, tu mènes la vie d'un consommateur professionnel.

Bien sûr, manger, se vêtir, tout le monde en a besoin, personne ne peut produire sans rien consommer. Et puis, si on produit des marchandises, c'est bien pour les utiliser, donc consommer n'est pas une mauvaise chose en soi. Cependant, qui est le plus digne de reconnaissance, celui qui produit plus qu'il ne consomme et fait profiter la société du produit de son travail, ou celui qui ne produit rien et consomme seulement ? Lequel est le plus important ? Poser la question, c'est y répondre, n'est-ce pas ? Si ceux qui fabriquent n'existaient pas, tu ne pourrais pas manger ton goûter, ni t'amuser, tu ne pourrais pas consommer. Ce sont ceux qui produisent grâce à leur force de travail qui nous permettent à nous humains de vivre comme des humains. Et pas seulement ceux qui nous procurent de quoi manger et nous habiller. Les scientifiques, les artistes, ceux qui créent sont plus essentiels que ceux qui reçoivent.

N'oublie jamais cette distinction entre les producteurs et les consommateurs. Et tu verras que ces types qui se donnent des airs importants au volant de leur automobile, ou qui vivent dans des résidences somptueuses, sont très souvent des individus sans valeur. Et inversement, que des gens qui sont généralement méprisés ou regardés de haut méritent le respect et la reconnaissance de tous.

Vois-tu, Coper, c'est là que réside la principale différence entre Urakawa et toi.

Urakawa, malgré sa jeunesse, appartient déjà au monde de ceux qui produisent des choses, c'est déjà un formidable humain. Et si ses vêtements sont imprégnés de l'odeur de friture, il peut en être fier, en tout cas il n'a aucune raison d'en avoir honte.

Je crains que tu ne prennes mon affirmation selon laquelle tu consommes sans rien produire pour une critique. Ce n'est pas du tout le cas. Vous êtes encore des collégiens, vous êtes dans la phase de préparation avant d'entrer dans la société, laissez ces choses à la charge de vos parents pour le moment. Mais, en tant que consommateur professionnel, il est de votre devoir de tenir votre rang et d'exprimer le plus grand respect à Urakawa, qui participe admirablement au travail de sa famille malgré une situation difficile. Compte tenu de votre statut social, se moquer de lui ou le mépriser serait de la dernière inconvenance.

Maintenant il y a une chose à laquelle je voudrais que tu réfléchisses sérieusement, si tu as bien compris mes commentaires jusque-là.

Dans ta vie quotidienne, effectivement tu ne fais que consommer sans rien produire. Mais, sans t'en rendre compte, sous un autre angle, chaque jour tu produits une chose immense. Quelle est cette chose ?

Je ne te donne pas la réponse, volontairement. Cette réponse, tu dois la trouver par toi-même. Il n'y a rien d'urgent. Mais un jour, j'espère que tu la trouveras. Et ne va pas demander à quelqu'un d'autre, surtout ! D'ailleurs, même si tu demandais à quelqu'un d'autre, je doute qu'il puisse donner la bonne réponse. L'essentiel est que tu la trouves par toi-même. Peut-être la trouveras-tu dès demain. Ou peut-être seulement quand tu seras adulte. Cela n'a aucune importance. Mais tout être humain devrait un jour trouver la réponse à cette question, je pense.

Quoi qu'il en soit, grave bien cette question dans ton cœur et réfléchis-y de temps à autre. Je suis sûr que le jour viendra où tu seras content d'y avoir réfléchi.

N'oublie pas, surtout !

5

Napoléon et les quatre garçons

La maison de Mizutani est une vaste résidence de style occidental située au sommet de la colline de Takanawa, boisée et feuillue même en hiver, qui domine le rivage de Shinagawa. La propriété est clôturée d'une grille et le toit d'ardoises est surmonté d'une girouette. Ce bâtiment typique de l'époque Meiji, entouré d'une ceinture d'arbres très bien entretenus, est plongé dans le silence, à quelque moment qu'on le visite. Le cinquième jour de la nouvelle année, Coper est allé rendre visite à son ami. Il n'y était pas allé depuis longtemps.

Kitami et Urakawa devaient venir aussi. Les examens de la fin du second trimestre étaient derrière eux, les résultats avaient été annoncés, les vacances d'hiver commençaient précisément ce jour-là, c'est pourquoi Mizutani les avait invités à venir jouer chez lui. Coper, qui connaît Mizutani depuis l'école primaire, est déjà venu souvent et connaît bien la maison, mais pour Kitami et Urakawa, c'était une première. Concernant Urakawa, en particulier, ce n'était que depuis que Coper avait parlé de lui à Mizutani que celui-ci avait commencé à ressentir de l'amitié pour le fils du marchand de tôfu.

S'il faut parler des résultats des examens du deuxième trimestre, eh bien, Coper était comme d'habitude arrivé premier. Et même s'il s'était fait du souci pour les notes d'Urakawa, il se trouve qu'elles étaient meilleures qu'au trimestre précédent, tout particulièrement en anglais. Urakawa lui-même en était tout étonné. Il faut croire que l'aide de Coper avait porté ses fruits. Et Coper aussi bien qu'Urakawa avaient passé haut les cœurs un excellent Nouvel An. L'invitation de Mizutani ce 5 janvier portait donc en elle la promesse d'une joyeuse journée pour Coper, et c'est d'un pas rapide, presque en sueur sous le ciel splendide et sans vent malgré la saison, qu'il avait traversé le quartier de toutes ces superbes demeures, parmi les portails ouvragés et les alignements de décorations rituelles de branches de pin et de bambou du Nouvel An qu'on appelle « pins du seuil », *kadomatsu*.

Devant les deux piliers de pierres de taille qui soutenaient l'immense grille du portail de chez Mizutani étaient disposés deux *kadomatsu* plus hauts qu'un homme adulte, particulièrement impressionnants, tels deux gardes en faction l'arme au pied. De l'autre côté de la grille, un grand castanopsis étendait ses branches noires vers le ciel. Coper le contourna et monta par l'allée recouverte de gravier blanc vers la grandiose entrée et son imposant porche. Le porche était mis en valeur par un cercle de pelouse souligné de plusieurs palmiers aux troncs poilus, aux palmes ouvertes qui se frottaient les unes aux autres dans des attitudes étranges, dans l'espoir de dépasser le haut toit du bâtiment occidental et d'attraper un peu plus de lumière du soleil.

La porte d'entrée monumentale qui, habituellement, demeurait fermée et silencieuse était ce jour-là grande ouverte. Un plat en argent attendait sur une table, juste devant la porte, afin que chaque visiteur y dépose sa carte de visite en entrant.

Kitami et Urakawa sont-ils déjà arrivés ? se demanda Coper en actionnant la cloche de l'entrée. Un répétiteur au pair que Coper connaissait de vue apparut. A peine l'eut-il reconnu que le répétiteur déclara :

— Soyez le bienvenu. Les amis de Monsieur sont arrivés et vous attendent.

Pendant qu'il se déchaussait, Coper jeta un coup d'œil sur le côté. Sous le splendide pin en pot se trouvaient parfaitement alignées une paire de chaussures usées à lacets et une paire de chaussures de football.

Coper suivit le répétiteur le long d'interminables couloirs sombres et compliqués recouverts de tapis. Quelle immense maison ! se dit-il, comme chaque fois qu'il venait chez Mizutani. A quoi peuvent bien servir toutes ces pièces ? Cependant, le jeune homme marchait toujours devant lui en silence. Cela ne lui laissait pas d'autre choix que de le suivre sans se laisser distancer.

La chambre de Mizutani se trouvait dans une aile de la résidence que l'on appelait le Nouveau Bâtiment. Le père de Mizutani avait fait construire cette annexe en béton armé et grandes baies vitrées à l'usage de ses fils, afin qu'ils bénéficient du maximum de luminosité. Toutes les pièces donnaient sur l'admirable baie de Shinagawa. Le père de Mizutani était ce qu'on appelle un capitaine d'industrie. Vous n'aviez pas assez de vos dix doigts pour compter les grandes compagnies et les banques dont il était président, administrateur, conseiller ou directeur. Et il entendait user de sa puissance financière pour faire le bonheur de ses fils.

Le jeune répétiteur et Coper arrivèrent finalement devant la chambre de Mizutani. Le répétiteur frappa à la porte.

— Entrez ! Qui est-ce ? répondit une belle voix de femme que Coper connaissait bien.

La porte s'ouvrit. Au milieu d'une pièce très lumineuse, une figure dans un chandail de laine jaune se retourna vers Coper et laissa voir le visage ferme et volontaire aux cheveux courts d'une jeune fille de dix-sept ou dix-huit ans : la sœur aînée de Mizutani. Mizutani, Kitami et Urakawa étaient assis en rang d'oignons du côté de la fenêtre où entrait la chaude lumière du soleil, plutôt coincés, semblait-il.

— Ah, Coper ! Tu es en retard ! J'avais peur que tu ne viennes pas, dit mademoiselle Mizutani en accueillant Coper, avant de réciter la formule de politesse d'usage : Bonne année, déjà !

— Bonne année ! répondit Coper.

Il avait tout de suite remarqué que la sœur de Mizutani portait un pantalon comme eux quatre. Mais elle semblait totalement indifférente au regard curieux de Coper.

— Cela fait longtemps que je ne t'avais pas vu, dis donc ! Ma foi, Coper, toujours aussi petit, hum…

— Tu te moques ! J'ai grandi de cinq centimètres depuis l'année dernière ! protesta Coper. Et puis, Katsuko, tu n'es pas bien grande non plus, il me semble.

— Désolée de te décevoir, je suis la neuvième de ma classe pour la taille. Pas comme certains qui sont abonnés à la deuxième place en commençant par la fin !

— Peuh ! Au moins, je… Enfin, laissons dire ceux qui ont des choses à dire, répondit Coper, à court d'arguments.

Il s'approcha rapidement de ses amis, qui se levèrent pour le saluer et échanger les félicitations traditionnelles du Nouvel An.

— Nous étions en train d'écouter l'histoire de la sœur de Mizutani en t'attendant, expliqua Kitami. Une histoire très intéressante, tu devrais l'écouter aussi.

Coper prit une chaise à proximité et s'assit. Une chaise très chic, très moderne, constituée d'une seule barre d'acier tournée et contournée, tendue d'un tissu d'ameublement épais au niveau du siège et du dossier. Tous les meubles de la pièce, les chaises mais aussi le bureau, les rayonnages de livres, la lampe de bureau, étaient réalisés sur le même modèle aux lignes simples et pures, sans décoration inutile. La fraîche lumière de la modernité semblait baigner la pièce tout entière. Par la large baie vitrée, on apercevait le scintillement des flots de la baie de Shinagawa.

— L'histoire de Katsuko ? Un conte de fées, vous voulez dire ? s'enquit Coper.

— Oh, le méchant ! J'étais en train de parler de l'esprit de l'héroïsme, figure-toi, répondit Katsuko.

— Ouh là, ça m'a l'air compliqué comme histoire.

— Mais non, pas du tout. Pour ma part, j'estime que tout individu, aussi bien homme que femme, doit posséder un esprit héroïque.

— C'est bon, continue là où tu en étais tout à l'heure, l'interrompit Kitami.

Katsuko, debout face aux quatre garçons, reprit donc la parole.

— Eh bien, comme je vous le disais, on raconte une histoire passionnante à propos de la bataille de Wagram. En juillet 1809, l'armée française commandée par Napoléon se trouve face à la coalition autrichienne et russe. Les deux armées s'affrontent sur le bord du Danube. C'est le destin des trois nations qui se joue dans cette bataille. Vous pouvez imaginer la sauvagerie des combats. Napoléon était certes très fort, mais il avait en face de lui l'armée de la coalition ! Il ne vaincrait pas facilement cette fois.

En particulier, les Russes alignent leurs célèbres cavaliers cosaques, qui lancent de nombreux assauts jusqu'à s'approcher très près du quartier général de Napoléon. Des centaines de cavaliers, tel un tsunami, enfoncent le front français. La garde impériale – sa garde rapprochée, n'est-ce pas – se bat d'arrache-pied et parvient finalement à repousser l'ennemi. Or, à peine repoussés, une nouvelle vague toute fraîche de Cosaques ivres de l'odeur de la mort enjambent les cadavres de leurs camarades et reprennent l'offensive. La garde napoléonienne, celle que l'on a surnommée l'Invincible, passe plus d'une fois à deux doigts du désastre.

Ici, Katsuko reprit son souffle. Puis, voyant son auditoire suspendu à ses lèvres, elle continua :

— Napoléon, du haut d'une colline, observe le champ de bataille. Bien entendu, les Cosaques le voient et font porter tous leurs assauts sur ce point stratégique. Autour de lui, les hommes de son dernier cercle ne peuvent dissimuler leur inquiétude et lui demandent plusieurs fois : « Sire, nous vous en conjurons, retirez-vous de ce lieu, ne serait-ce que temporairement. »

Mais Napoléon refuse de quitter cette colline pourtant si dangereusement exposée. Impossible de le convaincre de rejoindre un lieu plus sûr. Et savez-vous pourquoi Napoléon ne voulait pas partir de là ?

Katsuko, ayant posé sa question, solidement campée sur ses jambes, les deux mains sur les hanches, attendait de pied ferme les réponses de son auditoire. Or, il fallut bien se rendre à l'évidence : des quatre garçons, aucun n'avait la moindre idée de la réponse qu'il convenait de faire, et ils se contentaient de la fixer du regard. Katsuko hocha la tête d'un air résigné, puis dégagea une mèche de cheveux qui lui tombait sur l'œil et reprit son récit passionné.

— S'il avait seulement voulu diriger la bataille, il aurait très bien pu se déplacer dans un endroit plus protégé. Mais ce n'est pas pour diriger la bataille qu'il tenait à rester sur le sommet de la colline. C'est parce que Napoléon était tombé en admiration devant les Cosaques, ses ennemis !

« Quel courage ! Quelle bravoure ! »

Il ne tarissait pas d'éloges chaque fois que les Cosaques attaquaient son quartier général, sabre au clair, en oubliant qu'il se trouvait personnellement en danger. N'est-ce pas une histoire magnifique ?

Katsuko en avait les yeux pétillants et les joues roses.

— Je trouve ça absolument formidable. Réfléchissez. C'est la guerre. Si vous perdez cette bataille, vous risquez votre vie. D'un côté comme de l'autre, on veut mettre l'autre à terre. C'est le moment où tout se joue. Et dans cette situation dramatique, il trouve le temps d'applaudir ses ennemis pour leur bravoure. S'émerveiller de la valeur de ses ennemis, n'est-ce pas de la grandeur, ça ? Quel héros !

Katsuko regardait un point invisible très loin, sous le coup d'une excitation sublime. Coper, lui, était plutôt conquis par la sœur de son ami.

— Et alors, qui est-ce qui a gagné à la fin ? Napoléon, pas vrai ? demanda Mizutani.

— Décidément, Hayao, tu n'as rien compris, répondit sa sœur en exagérant une moue de déception. Bien sûr que c'est Napoléon qui a gagné ! Après deux jours de combats, il a défait l'armée de la coalition russo-autrichienne. Mais ce n'est pas l'issue toute bête de la bataille qui compte.

— Eh bien, pas pour celui qui perd, quand même.

— Oh là là, ces garçons qui ne comprennent rien à la beauté des choses ! Qu'il perde ou qu'il gagne, un héros est un héros. Ou plutôt : même quand il perd, un héros reste un grand homme. Hayao, tu ne comprends même pas ça, toi, un garçon ?

Katsuko se mit à arpenter la pièce de long en large devant les quatre garçons, concentrée et solitaire, les sourcils froncés, la tête penchée. Ses cheveux courts se balançaient devant ses yeux. Comme si elle réfléchissait à quelque chose d'une gravité extrême, les deux mains plongées au fond des poches de son pantalon, elle passait et repassait en silence devant les quatre garçons. Urakawa et Kitami, complètement fascinés, bouche ouverte, ne la quittaient pas des yeux. Mizutani et Coper échangèrent un regard.

— Ça y est, elle se prend pour Napoléon, dit Mizutani à voix basse.

Coper ouvrit de grands yeux.

— Evidemment que personne n'a envie de perdre la guerre ! déclara Katsuko sans arrêter de faire les cent pas, comme si elle se parlait à elle-même. Tout être humain a la volonté de vivre. Personne n'a envie de recevoir une blessure, c'est sûr. Je n'ai jamais assisté à une bataille, mais je suis sûre que je serais terrorisée. Quiconque voit la guerre pour la première fois doit être pris de frissons et claquer des dents. Et pourtant… et pourtant, les êtres humains peuvent oublier leur peur quand un esprit héroïque brûle en eux. Le courage de dépasser la souffrance prend le dessus et même l'attachement à la vie se dénoue. Je ne connais rien de plus beau : quand l'humain dépasse l'humain.

— Ah ouais, opina Kitami d'un air convaincu.

— Et cela ne veut pas dire renoncer à la vie. Sinon, ce ne serait que de la témérité aveugle, le premier bagarreur venu en est capable. Les colériques peuvent se prendre pour des va-t-en-guerre et s'agiter comme des fous, ça n'a rien d'admirable. Un chien enragé, ça s'appelle. Mais un être humain digne de ce nom peut rester parfaitement calme, parfaitement sain d'esprit, c'est en cela qu'il devient admirable.

— Ah ouais, opina de nouveau Kitami.

A ses côtés, Urakawa gardait les yeux fixés sur Katsuko, sans la moindre idée de ce qu'il fallait penser de tout ça. Et certainement, c'était bien la première fois qu'il voyait une jeune fille comme elle.

— Il y a des situations où l'on peut dépasser sa peur et sa souffrance, et je trouve ça bouleversant. Courir au-devant des ennuis et des épreuves, ressentir du plaisir à les surmonter, je trouve ça beau, pas vous ? Plus les difficultés sont grandes, plus le plaisir est grand, lui aussi. C'est pourquoi la mort ne fait plus peur. Moi, je crois que c'est ça, l'esprit héroïque. Oui, j'en suis persuadée. Mieux vaut mourir ainsi que vivre une vie nonchalante et banale. Perdre, quand on possède cet esprit héroïque, n'est pas une défaite. Gagner, quand on est dénué d'esprit héroïque, n'est pas une victoire.

Katsuko était maintenant immobile et déclamait plus qu'elle ne parlait.

— Ah, comme j'aimerais au moins une fois dans ma vie connaître ce sentiment, celui de me faire tuer et de mourir sans regret ! Que ce serait beau ! Quel grand homme que ce Napoléon ! L'esprit héroïque l'a habité toute sa vie, il était comme la personnification de l'esprit héroïque. C'est pourquoi il pouvait admirer l'héroïsme qu'il reconnaissait même chez ses ennemis. Moi, c'est ça que j'appelle un héros ! Pas vrai, Coper ?

Tout en interpellant Coper sans crier garde, elle lui indiqua une carte postale dans un cadre posé sur le bureau.

— Comment trouves-tu ce tableau, Coper ?

Le tableau représentait Napoléon, à la tête de sa Grande Armée, progressant dans une vaste plaine. La moitié supérieure était occupée par un ciel d'hiver sombre et bas. Les champs dépourvus d'herbe étaient recouverts d'une mince pellicule de neige. Plusieurs pièces d'artillerie devaient avoir roulé dans la boue car on voyait la trace des ornières dans la terre. Napoléon, sur un magnifique cheval blanc, regardait loin au-delà de cette mauvaise route. Généraux et membres de son état-major en grand nombre le suivaient, à cheval eux aussi. Au second plan, la Grande Armée des fantassins avançait, en plusieurs nappes, jusqu'à l'horizon. Une pâle lueur éclairait le bas du ciel. Napoléon se détachait du ciel glacial, en manteau gris, son célèbre bicorne sur la tête. Une peinture pleine de pensées douloureuses.

— Et bien, vois-tu… dit Katsuko sans attendre la réponse de Coper, ce tableau représente le moment où Napoléon conduit son armée au-devant des forces de la coalition qui viennent de pénétrer en France. Les grandes heures de l'aventure napoléonienne sont déjà derrière lui. Il a échoué en Russie, les nations européennes se sont de nouveau coalisées contre lui et viennent de franchir les frontières françaises. Napoléon a essuyé une défaite à Leipzig, mais il reste une figure qui semble dépasser les dimensions humaines, livrant bataille un peu partout. Il est néanmoins revenu en France, quand on l'informe que les armées de la coalition ont franchi la frontière et envahissent le pays. Il rassemble alors les survivants de son armée pour lancer une contre-attaque. Les troupes sont exténuées, le sort s'acharne, la victoire est loin d'être assurée. Mais il y va quand même. Ce sera une campagne difficile, il le sait. Il se battra jusqu'au bout pour relancer son destin. Moi, je me demande quels étaient ses sentiments à ce moment-là.

— Et alors, il a gagné, finalement ? demanda Coper.

— Non. Il a perdu. Il a été capturé et envoyé à l'île d'Elbe. C'est pour ça que mon cœur déborde d'émotion chaque fois que je regarde cette peinture. C'est la défaite qui l'attend, mais il ne peut pas ne pas aller porter le fer contre l'ennemi. Il préfère tout perdre que de plier le genou devant l'ennemi. Et chaque fois que je regarde ce tableau, cela me met dans un état pas possible.

L'émotion de Katsuko commençait à gagner Coper. Le destin de Napoléon le touchait, une sorte de sentiment tragique le gagnait. Kitami reçut la carte postale des mains de Coper et la regarda avec attention. A ses côtés, Urakawa regardait également par-dessus son épaule, gagné par l'émotion générale.

Allons enfants de la Patriiie...

Katsuko entonna à voix basse *La Marseillaise*, l'hymne national de la France.

Un peu plus tard, les quatre garçons et Katsuko s'amusaient comme des fous au soleil sur la pelouse.

Mizutani n'était pas un sportif et préférait le dessin ou la musique. Sa sœur Katsuko, en revanche, était championne multidiscipline. Quel que soit le sport, elle excellait. Elle faisait partie de l'équipe de son année en basket-ball, de celle de son collège en volley-ball, sans compter celle de relais en sprint, et détenait le record de son collège en saut en hauteur et saut en longueur. Le saut était d'ailleurs sa discipline préférée, et elle fondait quelque espoir d'être sélectionnée dans l'équipe féminine nationale pour les prochains Jeux olympiques. C'est dans ce but que son père avait fait aménager dans un coin de la pelouse des barres de saut et une planche d'appel aux normes olympiques. Les montants peints en blanc gradués dans le système métrique, la barre elle aussi aux dimensions officielles, bref, en tous points identiques aux sautoirs du stade Jingû.

Après qu'ils eurent joué un moment à échanger des balles, les quatre garçons eurent droit à une leçon de saut en hauteur, saut en longueur et triple saut, menée par l'entraîneur Katsuko Mizutani en personne.

Ni Coper ni Kitami n'étaient de taille face à Katsuko. Coper donna tout ce qu'il avait et passa tant bien que mal la barre placée à un mètre. A sa suite, Katsuko la passa à l'aise, les mains dans les poches de son pantalon. Le temps de monter la barre un peu plus haut, Katsuko se retrouva seule à concourir. Coper et ses amis n'avaient plus grand-chose à faire, à part admirer la jolie figure que réalisait le corps de Katsuko autour de la barre. En pull jaune et pantalon bleu, elle s'élevait dans les airs, et hop ! se retournait pour passer la barre avant de se recevoir dans le sable. C'était vraiment superbe.

Quand on en vint au triple saut, Kitami déclara :

— Bien ! Je vais sauter avec l'esprit héroïque à fond, vous allez voir ça !

Cela ne suffit évidemment pas, Katsuko restait intouchable.

Urakawa s'y essaya bien lui aussi, et sans la moindre honte pour une fois, bien que ses résultats fussent aussi nuls que d'habitude. Il s'avéra incapable de se recevoir sur son pied d'appel au premier saut. Katsuko, avec beaucoup de patience, lui expliqua dans les moindres détails chaque mouvement en les lui montrant comme un vrai coach. Et quand, finalement, il réussit à sauter correctement, ce fut dans le public, Coper, Kitami, Mizutani et Katsuko, une ovation de délire, digne d'un nouveau record olympique. De gêne, Urakawa vira au rouge, mais on voyait à son large sourire qu'il était bien content quand même.

Quand toutes les épreuves de saut eurent été essayées, Urakawa proposa de se mesurer à ce sport traditionnel que l'on appelle *bôoshi.*

— Au *bôoshi*, je ne crains personne ! déclara-t-il.

Mizutani se chargea de trouver une barre de bambou solide et facile à prendre en main. Premier adversaire : Coper. Ils empoignèrent chacun un bout de la barre et commencèrent à pousser. La victoire irait à celui qui ferait tomber son adversaire ou le pousserait hors du cercle. Urakawa ne laissa aucune chance à Coper qui fut immédiatement repoussé hors du ring.

Mizutani prit sa place mais ne tint pas plus longtemps avant de se faire éjecter.

— Je vais vous venger ! annonça Kitami en crachant dans ses mains.

Urakawa ne céda pas un pouce de terrain. Kitami plia le bassin pour abaisser son centre de gravité, gémit sous l'effort, vira au rouge…

— C'est pas vrai… Tu vas voir… grogna-t-il.

Pensant porter une poussée décisive, il fit l'erreur de lever les fesses. Il résista vaillamment, mais, cédant du terrain millimètre par millimètre, il finit par se faire renverser, toujours grognant :

— Oh, tu vas voir… Non mais qu'est-ce que c'est que ça…

— Encore une fois ! cria Coper, prêt à relever de nouveau le défi.

… Et il se fit cueillir comme une fleur.

Mizutani et Kitami firent eux aussi d'autres tentatives mais Urakawa demeura invaincu.

— Trop fort ! déclara finalement Kitami en lui tirant son chapeau.

— Comment ça se fait que tu sois si fort ?

— Comment ça se fait ? répondit Urakawa en riant. Ça nous arrive d'y jouer le soir après le travail, l'apprenti et moi, avec la barre de la grande balance. Et puis, ça n'en a pas l'air, comme ça, mais c'est assez technique comme sport, il y a un coup de main à prendre !

Le déjeuner de midi fut servi dans la salle à manger de la grande maison, en compagnie de la mère de Mizutani et de son frère aîné. Un lustre très décoratif descendait du haut plafond et, sur les murs vieil or, des tableaux à l'huile richement encadrés étaient accrochés. La table couverte d'une nappe d'un blanc immaculée était ornée de fleurs cultivées en serre. Les couverts parfaitement alignés étaient disposés à la place de chacun, magnifiques couteaux et fourchettes, cuillères en argent… Le repas lui-même se déroula comme un véritable banquet officiel. Coper et ses amis, l'esprit entièrement occupé par l'exigence de respecter les règles, auraient été bien en peine de dire si ce qu'ils mangeaient leur plaisait ou pas.

Avant de commencer, Mme Mizutani, la mère de Mizutani, élégante comme un membre d'une famille royale, adressa quelques mots aimables à tous ses convives, il ne s'agissait pas de tenir des propos inconvenants après ça. Le frère aîné de Mizutani, par exemple, n'en décoinça pas une de tout le repas, c'était à se demander s'il voyait Coper et les autres qui occupaient les couverts voisins. Il mangea en veston, ce qui fit demander Kitami à Mizutani :

— Ton frère travaille dans un bureau, peut-être ?

Or, d'après la réponse de Mizutani, son frère était encore étudiant en philosophie. Sans doute un étudiant en philosophie n'avait-il rien à dire à des collégiens.

Bref, le repas fut grandiose, mais Coper et ses amis furent soulagés quand ce fut fini. Ils firent retraite vers les chambres de Mizutani et de Katsuko dès que cela fut possible. Là, ils se mirent à leur aise et jouèrent à divers jeux de société ou d'intérieur, à Crokinole, au ping-pong, aux cartes. Il faut dire qu'avec tous les jeux qu'il possédait, Mizutani aurait pu ouvrir un magasin.

— Tu as de la chance d'avoir tant de jeux, dit Coper sans réfléchir.

— Non, pas vraiment, je n'ai personne avec qui jouer.

— Et ta sœur, alors ?

— Tu parles, elle est en dernière année de collège, elle ne joue plus avec moi maintenant.

— Et ton père, il ne joue pas avec toi quand il rentre du travail ?

— Il a des réunions jusqu'à tard le soir, quand il rentre, je dors, en général. Des fois, je ne le vois pas de quatre ou cinq jours.

— Eh bien, dis donc…

— Ma mère aussi sort assez souvent. Quand je suis tout seul, j'écoute des disques ou je fais de la peinture.

Coper trouvait cela curieux que Mizutani soit si souvent seul, lui dont la famille était tellement riche qu'il pouvait avoir tout ce qu'il désirait.

— Tu n'as qu'à venir jouer chez moi !

— J'aimerais bien, mais ma mère dit que si je vais trop souvent chez mes amis, je vais les déranger.

— Mais non, tu ne déranges personne !

— Ma sœur, elle sort sans s'occuper de ce que dit ma mère et elle va s'amuser où elle veut, depuis quelque temps. D'ailleurs ma mère est un peu bizarre, elle me demande pourquoi je ne fréquente pas plus Hori ou Hamada. Et pourquoi je devrais fréquenter un beau parleur et un radin, franchement ?

— Ah ouais, ils sont pénibles, ces deux-là ! Mais pourquoi veut-elle que tu sois ami avec eux ?

— Je me demandais la même chose. Et c'est ma sœur qui m'a expliqué. Le père de Hori est un politicien connu, pas vrai ? Et l'oncle de Hamada est député à la chambre des pairs. C'est pour ça, m'a dit ma sœur.

— Ah ouais ?

— Mais je m'en fous, moi, que le père de l'un soit un politicien ou que l'oncle de l'autre soit député de la noblesse, je ne peux pas les sentir tous les deux, c'est tout ! En plus, ils sont dans la bande à Yamaguchi…

— Sûr. Ils sont toujours à lui lécher les bottes et à dire du mal de Kitami. On ne sera jamais amis avec ces pauvres types, nous. Tu n'as qu'à l'expliquer comme ça à ta mère !

La conversation de Mizutani et Coper dut arriver à l'oreille de Kitami.

— A propos de Yamaguchi, vous savez ce que j'ai entendu à la fin du trimestre dernier ? s'écria-t-il, comme si l'idée lui était revenue tout à coup.

Tous se tournèrent vers Kitami, qui entreprit de raconter :

— Il paraît que les grands du club Judô ont prévu de nous mettre la tête au carré, un de ces jours, Yamaguchi et moi.

— Yamaguchi et toi ? demanda Coper, surpris. C'était tellement incroyable comme histoire qu'ils entourèrent Kitami et le pressèrent de vite raconter la suite. Kitami, lui, resta imperturbable.

— Bah oui, ils veulent nous mettre la tête au carré, à Yamaguchi et à moi. C'est Higuchi, un élève de deuxième année, qui me l'a dit.

Depuis un certain temps, les grands du club Judô s'étaient donné pour mission de restaurer l'esprit de l'école. A les en croire, l'esprit du samouraï laissait dangereusement à désirer dans cette école, et il s'agissait de reprendre les choses en main parce qu'elles allaient à vau-l'eau.

D'abord, l'esprit de l'amour pour son école était en berne, ça se voyait lors des compétitions sportives, les supporters manquaient de motivation. Ensuite, les plus jeunes devenaient arrogants vis-à-vis de leurs aînés, on ne sentait plus le vent du respect souffler. Enfin, ça pullulait de freluquets qui allaient au théâtre, au music-hall ou au cinéma et même qui lisaient des romans, et ça, ça n'allait pas du tout. Si les choses continuaient comme ça, ce serait la dégénérescence de l'esprit de sérieux dont l'école s'enorgueillissait depuis sa fondation. D'où la nécessité de restaurer l'esprit de l'école en marquant le coup par une action d'éclat qui frapperait les esprits. Voilà ce que la bande du club Judô n'arrêtait pas de rabâcher. Il y en avait même un qui parlait d'inscrire une conférence publique au programme de la fête de la culture de l'école pour haranguer la foule et réveiller les consciences. La question avait été également soulevée dans la revue de l'association des anciens élèves. Et ce n'est pas tout, on parlait de mettre en place un système de rappels au règlement un peu musclés pour châtier ceux qui contreviendraient par leur attitude à l'esprit de l'école.

Les élèves qui manquent de patriotisme envers leur école manqueront de patriotisme envers leur pays une fois entrés dans la vie active. Les individus qui manquent de patriotisme sont des antipatriotes. Par conséquent, les élèves qui manquent de patriotisme pour leur école sont de la graine d'antipatriotes. Il est de notre devoir de remettre dans le droit chemin cette graine d'antipatriotes.

Tel était leur programme.

Bien sûr, il est normal de ressentir de l'amour pour son école. Aimer son école et s'efforcer de la rendre meilleure, c'est naturel. De même, il est normal que les élèves de première année montrent du respect envers les plus âgés et se considèrent comme les tributaires et les subordonnés des anciens, tout comme il est normal pour des étudiants de ne pas se dissiper en futilités. S'il ne s'était agi que de cela, les allégations des membres du club Judô auraient été méritoires.

Le problème, c'était que, du fait que leurs présupposés étaient corrects, ou du moins qu'ils les jugeaient tels, ils inféraient que n'importe lequel de leurs jugements était nécessairement correct. Il suffisait qu'un type ne leur plaise pas, n'importe quel type, pour qu'il devienne d'office un type qui contrevenait à l'esprit de l'école, un type qui n'était pas dans le droit chemin. Mais leur pire erreur, ce n'était pas encore cela. C'était qu'ils s'arrogeaient le droit de juger des erreurs des autres et d'infliger des sanctions. D'où le sortaient-ils, ce droit, de juger des collégiens comme eux ?

Tout en clamant qu'ils faisaient cela pour le bien de l'école, ils tordaient tellement la logique qu'ils créaient un climat pénible. Sous prétexte que lors d'un match inter-écoles vous n'étiez pas venu encourager l'équipe, ils vous traitaient d'antipatriote, et si vous ne filiez pas droit, vous pouviez vous prendre une raclée. Ils étaient tellement arrogants et violents que le seul résultat qu'ils obtenaient, c'était que vous détestiez de plus en plus votre école, alors même que vous ne demandiez qu'à l'aimer ! Interdit de chanter des chansons à la mode, qu'ils disaient. Mais franchement, qui était prêt à écouter des chants traditionnels *shigin* à longueur de journée ? Mais le pire, c'était le climat de terreur perpétuelle qu'ils instauraient dans les classes des plus jeunes.

C'est vrai, depuis la fin du second trimestre, impossible de se sentir à l'aise pour les élèves de première et de deuxième année. Si un petit, un matin, avait le malheur d'oublier de s'incliner devant un grand dans la rue, il était immédiatement convoqué derrière l'école et se faisait remonter les bretelles. Ils vous regardaient d'un sale œil si vous portiez une montre un peu fantaisie, et si vous aviez le malheur de commenter un ragot sur un élève des classes supérieures, vous étiez immédiatement catalogué comme un insolent qui ne sait pas rester à sa place.

Il y avait un élève qui s'appelait Higuchi et qui aimait la littérature, il lisait des romans de grandes personnes et s'intéressait au théâtre moderne. Eh bien, il était considéré comme suspect.

Chez les élèves de première année, il y avait Yamaguchi, toujours très bien habillé, très chic, et fan de cinéma. Il collectionnait les photos d'acteurs, il en avait plus de deux cents, paraît-il. Les grands l'avaient à l'œil. Quant à Kitami, il ne portait pas le surnom de Gatchin pour rien. S'il avait quelque chose à dire, il le disait et se moquait bien de savoir s'il parlait à un grand ou pas. Ils l'avaient repéré : la demi-portion qui se donne des airs, voilà comment ils l'appelaient.

Au début du troisième trimestre, le bruit avait circulé que des sanctions allaient tomber sur tous ceux qu'ils avaient dans le collimateur. C'était

Higuchi qui l'avait entendu dire, et qui avait filé le tuyau à Kitami… Entre « suspects »…

— Yamaguchi, je n'en sais rien, mais toi, tu ne fais rien de mal, pourquoi devrais-tu être sanctionné ? demanda Coper, en s'imaginant à sa place.

— Oh si. Deux fois j'ai fait exprès de ne pas saluer Kurokawa dans la rue. Et une fois, pendant l'interclasse de midi, j'ai refusé de lui céder le terrain de foot pour jouer avec le ballon en mousse, parce que je l'avais réservé avant lui. Je suppose que c'est depuis ce jour qu'il m'a collé l'étiquette d'« insolent » sur le dos.

Kurokawa était un étudiant de cinquième année, vice-capitaine du club Judô, encore plus costaud que le professeur de gymnastique.

— De toute façon, celui-là, énonça Kitami comme s'il marchait sur des œufs, il crie au scandale s'il entend quelqu'un chanter une chanson à la mode, mais lui, il chante de la chanson réaliste *Naniwabushi* avec de gros trémolos rocailleux. Je l'ai entendu dans le train en rentrant de la sortie scolaire. Mais pour lui, le *Naniwabushi*, c'est de la chanson de guerrier, alors c'est pas pareil que les chansons à la mode… Tu parles d'une logique ! C'est juste de l'égoïsme pur. Depuis que je l'ai entendu chanter avec sa voix horrible, je le déteste encore plus qu'avant.

— Tu ne vas tout de même pas te faire taper dessus !

— T'inquiète. Kurokawa ne me touchera pas tant qu'il n'aura pas une raison concrète. Il attend juste de trouver un prétexte. Je fais gaffe, ne t'en fais pas.

— Tu es sûr ?

Coper s'inquiétait. Mizutani aussi se faisait du souci pour lui.

— Oh, moi je les crois tout à fait capables de convoquer un par un les types qui ne leur reviennent pas et de les mettre sévèrement à l'amende. Je serais toi, j'en parlerais plutôt au prof principal.

— Non. Si je les balance, ils vont me prendre encore plus en grippe. C'est exactement le genre de prétexte qu'ils attendent pour me faire la peau. Ne t'occupe pas d'eux, ça vaut mieux.

— Non, c'est trop risqué, je trouve.

— Ne t'inquiète pas, je te dis…

Kitami et Coper étaient en train de discuter quand Katsuko entra avec un plateau qui contenait tout un assortiment de bonbons sur une assiette.

— De quoi discutez-vous ? Que t'arrive-t-il, Coper, tu as l'air bien sombre…

Coper et Mizutani la mirent au courant des dangers que courait Kitami. Katsuko en fut indignée.

— Ce n'est pas possible, cette oppression ! Courage, Kitami, ne te laisse pas faire ! L'école ne leur appartient pas, que je sache. Les élèves de première année sont des élèves comme les autres. Du moment qu'ils respectent le règlement et obéissent aux professeurs, ils ont le droit d'aller à l'école la tête haute. Rien ne vous oblige à obéir à ces judokas de pacotille, voilà ce que je pense, moi !

— Oui, mais le problème, c'est que Kitami risque de se faire taper dessus, coupa Mizutani.

— Et alors ? Montrer que vous avez peur ne fera que leur donner plus d'assurance. Jouer les gros bras en prétextant que c'est pour le bien de l'école, c'est du pipeau ! S'ils avaient vraiment le bien de l'école en tête, ils essaieraient plutôt de faire en sorte que les élèves de première année et les autres aient une vie scolaire plus enrichissante et plus agréable. Mais ils préfèrent se gargariser de l'idée qu'ils représentent la justice. Quels prétentieux ! Kitami, ne t'incline pas devant des types pareils !

— Oh, moi, ils pourront dire ce qu'ils voudront, je ne me rendrai pas.

Ah, cela faisait longtemps que Kitami n'avait pas prononcé sa phrase fétiche. Et pourtant, Coper n'eut pas le cœur à rire. S'il se faisait réellement casser la figure par les grands de l'école... Cette seule idée suffisait à l'effrayer. Refuser de courber la tête devant les grands, c'était bien beau, mais comment protéger Kitami du danger ?

Tout le monde essaya de réfléchir au problème. Coper et Mizutani étaient d'avis qu'il valait mieux en parler au professeur principal pendant qu'il était encore temps, afin qu'il prenne des mesures. Kitami, lui, affirmait que cette attitude aurait au contraire des effets négatifs et qu'il valait mieux ne pas le faire. Katsuko pensait que le mieux était de voir comment la situation allait évoluer et de s'adresser au professeur seulement si elle tournait au vinaigre. Evidemment, comment sauraient-ils que la situation allait tourner au vinaigre, telle était la question. Mais une chose était claire, ils pouvaient dire ce qu'ils voulaient, Kitami ne consentirait jamais à ce qu'on prévienne leur professeur.

— Je m'en fous si je me fais casser la gueule, d'abord. Je suis dans mon droit, et je ne veux pas qu'on pense que j'ai peur à cause d'un bruit qui court.

Devant l'insistance de Kitami, les autres furent obligés de prendre une décision.

C'est alors qu'Urakawa, qui n'avait encore rien dit, ouvrit la bouche.

— J'ai peut-être une idée…

Tous les visages se tournèrent d'un seul bloc vers lui.

— … Si Kitami se fait convoquer par les grands, on y va avec lui, dit-il timidement.

— Oui, et ensuite ? demanda Coper.

— Si Kurakawa ou un autre fait mine de vouloir le frapper, on lui dira qu'il devra nous frapper, nous aussi. Si Kitami se fait frapper alors qu'il n'a rien fait de mal, alors nous aussi, ils devront nous frapper. Et là, je pense qu'ils ne frapperont personne.

Un silence parcourut l'assistance.

— Et s'ils frappent quand même ?

— Eh bien, s'ils frappent quand même… S'ils frappent quand même, on encaissera, voilà tout.

— Génial, Urakawa ! s'écria Katsuko en bondissant de sa chaise. Mais évidemment, c'est la meilleure solution ! Tout le monde prend la défense de Kitami, et tant pis si ça ne suffit pas. Tout le monde partagera le destin de Kitami. C'est exactement ça, l'esprit héroïque. Et je suis prête à vous aider en envoyant notre père à l'école pour leur parler. Et s'il ne peut pas venir, je demanderai à notre mère, et si elle ne peut pas, j'irai moi-même. Et je parlerai au proviseur et j'exigerai qu'il expulse ces soi-disant amateurs d'arts martiaux du collège. Kitami, courage ! Hayao, toi aussi, la tête haute !

— Certainement, acquiesça vigoureusement son frère en serrant les lèvres sur son fin visage.

— Coper, toi aussi !

Coper acquiesça à son tour.

— Je suis désolé pour vous, s'excusa Kitami en apprenant que tous étaient prêts à partager son sort si les choses tournaient mal.

Mais ils le rassurèrent en affirmant qu'il n'avait pas besoin de se faire du souci pour ça.

— Eh bien, voilà une bonne décision de prise. Dommage que je ne sois pas dans le même collège que vous. Mais vous pouvez compter sur moi, je tiendrai ma promesse si besoin est. Vous êtes prêts à croiser les doigts ?

Les quatre garçons et Katsuko croisèrent leurs petits doigts ensemble pour sceller leur promesse.

Les journées sont courtes en hiver. Le soir était venu.

Coper, Kitami et Urakawa voulaient rentrer chez eux avant la nuit. Une domestique vint leur remettre à chacun un sac en coton blanc à rapporter chez eux en souvenir de leur visite à la maison Mizutani. Le sac contenait une généreuse part de gâteau et une belle pomme.

— Tu as une sœur et un frère, je crois. Tiens, tu leur en donneras, dit Katsuko en bourrant la poche d'Urakawa d'une poignée de bonbons emballés dans du joli papier argenté.

Ils sortirent de la résidence Mizutani, leur sac en coton blanc à la main. Mizutani et Katsuko les accompagnèrent un bout de chemin, Katsuko en vélo, pédalant le plus lentement possible pour ne pas les dépasser, les dépassant tout de même un peu, puis revenant à leur hauteur.

Ils furent bientôt au sommet de la colline et aperçurent la baie de Shinagawa. Là, Katsuko mit pied à terre. Tous se dirent au revoir.

Coper et ses deux amis descendirent la colline. La brume du soir commençait à se former sur la ville et la lumière des réverbères prit un aspect vaporeux. Le tramway semblait glisser. Vers le bas de la pente, les trajectoires des trolleys et des automobiles se coupaient et se croisaient sans répit. Le brouhaha de la ville semblait sourdre de la brume du soir.

Un désir subit de retrouver leur maison familière leur fit presser le pas jusqu'à la gare de Shinagawa.

LE CAHIER DE L'ONCLE

Sur ce qu'on appelle un héros (et sur la vie de Napoléon)

Cher Coper,

Je m'étonnais depuis quelque temps de te voir devenu un admirateur de Napoléon, mais quand je t'ai écouté raconter ta journée chez Mizutani, j'ai compris. Il me semble distinguer dans ce soudain engouement comme une légère influence de la sœur de ton copain.

La vie de Napoléon fut en tout point extraordinaire, cela est certain. Sa gloire a donné à son existence un caractère exceptionnel même à l'échelle de la longue histoire de l'humanité. Toi et tes amis êtes loin d'être les seuls à l'admirer. Dans tous les pays de monde, les biographies de Napoléon font de grosses ventes, et cela n'a pas l'air près de se calmer.

A propos, te souviens-tu que je t'avais demandé, si d'aventure un sujet te marquait, de prendre le temps de réfléchir sérieusement à sa signification ? Eh bien, ce soir, je veux réfléchir avec toi aux raisons pour lesquelles la vie de Napoléon est si impressionnante.

La première chose qui nous émerveille dans la biographie de Napoléon, c'est sa remarquable et constante activité. Ses parents étaient des nobles ruinés de l'île de Corse. Il a donc été élevé dans des conditions relativement précaires. Quand il eut à peu près l'âge que vous avez aujourd'hui, il quitta ses parents pour entrer dans une école militaire sur le continent français. Ses condisciples étaient pour la plupart des fils de riches aristocrates qui le méprisaient. Il passait donc le plus clair de son temps dans la solitude. Il sortit de l'école avec un diplôme d'officier en poche, mais au début de sa carrière, simple sous-lieutenant, il était toujours aussi démuni et ne pouvait profiter des mêmes plaisirs que ses camarades de promotion. Il demeurait ce jeune officier à l'esprit sombre et au teint pâle qui préférait étudier en solitaire en se tenant bien loin des rassemblements à la mode.

Il a vingt-quatre ans quand surviennent les bouleversements de la Révolution française. L'officier pauvre devient soudainement général de brigade, grâce au mérite qu'il s'est acquis et aux qualités stratégiques qu'il a montrées lors du siège de Toulon à la tête de l'armée républicaine contre l'armée anglaise.

On connaît la suite, le célèbre épisode de la traversée des Alpes : à la tête d'une troupe mal équipée et mal entraînée, il franchit les Alpes en un éclair et dévale sur les plaines italiennes comme une avalanche, anéantissant en un rien de temps l'armée autrichienne, puis prenant les unes après les autres les villes italiennes qui ne s'attendaient pas à ça. Chaque fois, la victoire est à lui : victoire, victoire, victoire ! Lorsqu'il rentre à Paris, les bras chargés de butin, la capitale l'acclame en triomphateur.

A l'époque, dans les années qui suivent la Révolution, la lutte pour le pouvoir se fait plus âpre, la peur s'installe durablement. Le peuple commence à réclamer le retour à l'ordre et à la paix. Napoléon profite de son élan pour réorganiser le gouvernement et réunir progressivement le pouvoir entre ses mains. Il s'impose d'abord comme l'un des trois consuls, puis comme unique consul à vie, pour finir par abandonner le régime républicain en s'élevant au rang d'empereur. Coper ! Sais-tu quel âge avait Napoléon à ce moment-là ? Trente-cinq ans ! Autrement dit, en dix ans à peine, il est passé de modeste officier sur qui personne n'aurait songé à se retourner à empereur. Une carrière aussi remarquable est sans exemple.

D'autant plus qu'il ne s'arrêta pas en si bon chemin. Tel le soleil à l'aube, se faire couronner empereur ne fut que le début de son ascension. Les autres nations européennes, réunies autour de l'Angleterre, formèrent coalition sur coalition, qui toutes échouèrent à le retenir. Plus on lui déclarait la guerre, plus son génie militaire éclatait à la face de tous. Austerlitz, Iena, Wagram… Napoléon a aligné les victoires, qui toutes à un titre ou à un autre ont marqué durablement l'histoire militaire. Il s'empara rapidement des Pays-Bas, puis l'Italie tomba sous son contrôle, l'Allemagne succomba, l'Espagne se soumit. Pendant un temps, tout le continent européen à l'exclusion de la Russie à l'est fut enchaîné à la volonté de Napoléon. Au congrès d'Erfurt en 1808, quatre monarques et trente-quatre princes allemands firent le déplacement pour le saluer. Et, entouré de tout ce beau monde, il assista à une représentation du célèbre acteur François-Joseph Talma dont il s'était fait accompagner pour l'occasion. A cet instant, Napoléon était littéralement le roi des rois.

C'était une époque fabuleuse, où le destin de dizaines de millions d'individus sur tout le continent européen dépendait de la seule volonté d'un seul : Napoléon. Il atteignit là le sommet de son pouvoir. Cependant, il dégringola de ce sommet en quelques années. C'est l'échec de la fameuse expédition en Russie qui précipita sa chute, comme chacun sait.

Mais pourquoi Napoléon voulait-il attaquer la Russie ? Eh bien, parce que la Russie, passant outre aux ordres de Napoléon, continuait à commercer avec l'Angleterre. L'Angleterre, profitant de sa situation insulaire par rapport au reste de l'Europe, résistait envers et contre tout à la puissance napoléonienne. Napoléon avait mis en place le blocus continental, c'est-à-dire avait exigé l'arrêt de tout commerce avec le Royaume-Uni dans le but de le ruiner. C'était matériellement impossible et ce projet ne réussit jamais. Mais Napoléon en tira ombrage et décida d'organiser une campagne de grande ampleur pour châtier les Russes. C'est la fameuse campagne de Russie, qui se soldera par le désastre que l'on sait. Napoléon est apparemment victorieux dans tous les combats et va jusqu'à investir Moscou, la capitale de l'empire russe. Mais il ne peut triompher du froid et du manque de nourriture, ce qui l'oblige à se retirer. Au cours de cette retraite, des centaines de milliers d'hommes de la Grande Armée meurent de faim et de froid dans la neige et le gel. Ceux qui ne meurent pas sont harcelés et tués par les Cosaques. Des six cent mille hommes de la Grande Armée, on dit que moins de dix mille franchirent la frontière russe dans l'autre sens.

Dès que la nouvelle du tragique échec de la campagne de Russie se répandit en Europe, la Prusse, qui cherchait depuis longtemps l'occasion de se libérer de la domination napoléonienne fut la première à reprendre les armes. D'autres nations lui emboîtèrent le pas et se rebellèrent, formant une nouvelle coalition, et attaquèrent la France. L'heure de la chute de Napoléon avait sonné.

Cette fois, Napoléon ne fut pas vainqueur. Il capitula et fut envoyé en exil sur l'île d'Elbe. Plus tard, il s'en échappa, leva une nouvelle armée jusqu'à la célèbre et ultime bataille de Waterloo. Il fut alors exilé, presque comme un prisonnier, sur une petite île située à l'ouest de l'Afrique : Sainte-Hélène. Il y mourut dans la solitude après cinq ans et demi passés sur cette île au climat inhospitalier, dans des conditions de liberté très entravée.

Quand Napoléon livre sa dernière bataille, à Waterloo, il est âgé de quarante-six ans. En d'autres termes, en dix années il a gravi en courant la pente d'officier pauvre à empereur, puis l'a redescendue en dix autres années d'empereur à prisonnier de guerre. Le destin exceptionnel de Napoléon aura donc duré vingt ans au total, on peut dire que toute sa vie fut concentrée dans ces vingt années.

Vingt années seulement, mais quelles années ! C'est vrai. Au cours de ces vingt ans, un officier pauvre de génie alla jusqu'à dominer l'Europe entière, avant de dégringoler de son trône la tête la première. Une vie de roman, et c'est sans doute ce qui nous émeut encore tellement aujourd'hui. Ce que Napoléon a fait en vingt ans est tellement impressionnant que cela semble excéder les capacités humaines.

Ces vingt années, qui couvrent la toute fin du XVIIIe siècle et le début du XIXe, ont commencé alors que la France était plongée dans les remous qui avaient suivi la Révolution. Toutes sortes d'événements se sont succédé sans discontinuer, qui à d'autres époques auraient occupé un siècle ou un demi-siècle. Et pas un de ces événements qui n'implique le nom de Napoléon.

Coper, je ne sais pas si tu es au courant : on dit que personne ne peut rester premier ministre au Japon plus de deux ou trois ans sans détruire sa santé. C'est vrai, plusieurs premiers ministres sont tombés malades au bout d'un certain temps, ou très certainement ont raccourci leur espérance de vie en occupant cette fonction. C'est la fonction, la charge de travail, qui use physiquement et psychiquement ceux qui dirigent un gouvernement, même à des époques sans troubles particuliers ni incident historique majeur. Cela doit te donner une idée de ce que Napoléon a vécu. Il a remis sur pied la France au sortir des troubles généralisés de la Révolution, il a dû constamment résister aux tentatives d'ingérence étrangère, puis il lui a fallu rester debout sans prendre le temps de se reposer et survivre dans la mer agitée des relations diplomatiques et de la politique internationale. Non seulement il a pris à bras-le-corps tous ces problèmes, de politique intérieure aussi bien qu'extérieure, en prenant lui-même toutes les décisions, mais il a conduit dans le même temps plusieurs guerres d'une ampleur quasiment inouïe, en assurant le commandement en personne. Franchement, quelle incroyable énergie !

Et il ne s'agit pas seulement de s'extasier devant sa force de travail ou sa force de caractère qui lui ont permis de mener toutes ces activités de front. Pour se limiter à la science militaire, sa façon de mener les hommes est tellement extraordinaire, tellement incroyable à l'époque, qu'elle est aujourd'hui encore considérée comme un modèle.

Dans les autres domaines aussi, sa prise de décision est toujours claire et nette, ses actions sont radicales, jamais la moindre hésitation ni la moindre tergiversation. Comme s'il ne connaissait pas la fatigue, il est toujours sous tension, l'esprit combatif en alerte, et fier comme un roi. Comment un être humain peut-il montrer autant d'énergie, autant de force de caractère ? Tous ceux qui l'ont croisé n'ont pas manqué de s'en étonner. Au point que Goethe lui-même, qui aimait l'humanisme et la paix par-dessus tout et plaçait son espérance dans le progrès de l'humanité, ne put cacher son admiration envers Napoléon pour le jaillissement de sa puissance d'agir et le génie de ses décisions.

Oui, Napoléon fut certainement un être exceptionnel, le type idéal du héros. Sa première période, quand il s'ébroue du carcan qui le contraint pour courir d'une seule traite jusqu'au faîte du pouvoir, représente une sorte de vision idéale de jeunesse, de fulgurance, de splendeur, il suffit de lire sa biographie pour se sentir transporté. On se sent les yeux décillés. Et une fois devenu le maître du monde, le souverain de toute l'Europe, il reste solaire. Son déclin lui-même est une poignante tragédie. Rien d'étonnant à ce que quelqu'un comme Goethe ait été fasciné par un tel destin, comme moi, toi et tes amis aujourd'hui. Cependant… oui, cependant, cher Coper, n'oublie pas que ce qui fascine dans le destin de Napoléon, c'est en première instance sa capacité à faire bouger les choses.

Effectivement, quand on songe que des êtres humains possèdent la capacité de réaliser de si grandes choses, comment ne pas se sentir surpris ? Pas seulement surpris. Quand on s'aperçoit que l'être humain possède en lui ces capacités prodigieuses, on se sent pousser des ailes. C'est pour cette raison que les biographies de Napoléon se lisent avec autant de passion aujourd'hui qu'hier.

Alors, certes, la capacité à faire bouger les choses, l'énergie, tout cela est bien beau, mais pour quoi faire ? A quoi cela sert-il, si ce n'est à accomplir quelque chose ? Cette capacité ne doit-elle pas être mise au service du reste de l'humanité ?

Que l'énergie de Napoléon provoque en nous de l'admiration, peut-être, mais une question nous vient nécessairement à l'esprit.

Pour la réalisation de quel objectif la formidable activité de Napoléon s'est-elle déployée ?

Cette question, Coper, nous devons nous la poser chaque fois que nous est présenté un héros. Les grands hommes, les héros, sont des gens extraordinaires, d'accord. Ils possèdent des capacités supérieures aux individus normaux, ils sont capables de faire des choses dont le commun des mortels est incapable, c'est entendu. De ce point de vue, ils peuvent certainement susciter notre admiration et nous leur tirons bien volontiers notre chapeau. Mais une fois que nous les avons admirés, demandons-nous : au service de quoi ont-ils mis leurs extraordinaires talents ? Quelles choses extraordinaires ont-ils accomplies ? Ont-ils seulement accompli quelque chose de grand ? Voilà la question qui mérite d'être posée. Car avec des capacités extraordinaires, on peut aussi réaliser le mal.

Au moment de nous poser cette question, n'oublions pas les dizaines et dizaines de milliers d'années de la longue et lente histoire de l'évolution humaine, n'est-ce pas, Coper ? Car, évidemment, Napoléon, Goethe, mais aussi bien Toyotomi Hideyoshi ou le général Nogi, si exceptionnels qu'ils aient été, sont tout de même nés puis morts comme n'importe quel membre du long, long, fleuve de l'histoire humaine.

Tu le sais, les humains ont construit la société humaine en travaillant main dans la main, c'est la coopération qui nous a permis de sortir de la condition animale. Au début, les hommes ont utilisé des outils très simples, puis des techniques et des machines, et ont ainsi progressivement transformé la nature en un monde plus confortable et facile à vivre. Parallèlement sont apparus les sciences et les arts, et l'existence est devenue plus lumineuse, plus belle. L'évolution de l'humanité est semblable à un fleuve qui coule lentement depuis les temps les plus anciens et qui coulera encore très très longtemps.

On dit que l'histoire du Japon a commencé il y a deux mille six cents ans avec le premier empereur Jimmu ; la civilisation égyptienne a pris forme il y a six mille ans, ce qui paraît extrêmement ancien ; mais en réalité, l'histoire de l'humanité dure depuis plusieurs dizaines de milliers d'années, simplement elles n'ont été écrites nulle part. Elle continuera encore pendant des dizaines, voire des centaines de milliers d'années, et l'humanité continuera de progresser. Réfléchis à ce fleuve très large et très lent, Coper. Que sont deux mille ou trois mille ans par rapport à l'ampleur de ce fleuve ? C'est très court ! Alors, la durée d'une existence humaine ? N'est-ce pas à peine l'équivalent d'un clin d'œil ?

Pose un instant tes yeux sur cette immense histoire. Regarde ces grands hommes et ces héros du passé, à l'échelle de l'immense fleuve de l'histoire de l'humanité. Que vois-tu, alors ?

Tout d'abord, tu te rendras compte que ces grands hommes et ces héros qui te paraissaient immenses ne sont rien de plus qu'une goutte dans ce fleuve.

Deuxièmement, si tu regardes bien attentivement, tu reconnaîtras que tout ce que ces êtres exceptionnels ont fait d'exceptionnel est parfaitement insignifiant à une si grande échelle. Certains de ces grands personnages ont su appréhender les dimensions de ce fleuve et se sont efforcés, dans la mesure de leur courte vie, de pousser le courant dans le bon sens, de verser leurs capacités exceptionnelles dans le courant du fleuve. D'autres ont contribué inconsciemment au progrès général, tout en croyant ne servir que leurs intérêts personnels. D'autres encore ont étonné le monde, mais n'ont en fait servi à rien à l'échelle du grand fleuve. Et certains, pas si rares que cela à vrai dire, et que l'on traite pourtant eux aussi comme des grands hommes et des héros, ont même fait remonter le fleuve à contre-courant. Quand on les regarde un par un, ces héros, on s'aperçoit qu'ils ont pu accomplir certaines choses qui allaient dans le droit fil du courant, mais que d'autres l'ont troublé ou l'ont fait revenir en arrière. Toutes sortes d'individus apparaissent, réalisent toutes sortes d'actions, mais en fin de compte, ce qu'un être humain peut réaliser tout seul, à moins d'œuvrer dans le sens du courant, n'a qu'une portée très éphémère, s'efface et disparaît dans l'insignifiance globale.

Et vois-tu, Coper, Napoléon n'est absolument pas une exception à cette règle. Si tu le veux bien, passons encore une fois en revue la vie de Napoléon, toi et moi.

A l'époque où Napoléon faisait ses premiers pas dans la vie, le peuple français travaillait très dur pour renverser un système féodal pourrissant et en bâtir un nouveau. Mais les autres nations européennes, elles, vivaient toujours dans ce vieux système féodal et craignaient que la France n'inaugure une nouvelle façon de gouverner. Tous ces pays ont formé une coalition et envoyé leurs armées abattre le nouveau régime. La France a donc dû, dans le même temps, faire face à la fois aux désordres intérieurs et aux pressions extérieures. Mais les Français ont combattu sur tous les fronts avec un formidable courage, sans se laisser désespérer par la difficulté de la tâche. Tous les hommes en âge de porter les armes ont été appelés à servir la patrie, à former des bataillons à la hâte pour lutter contre les ennemis de l'extérieur arrivant de toutes parts.

A l'époque, les armées des nations européennes étaient constituées de soldats professionnels qui se battaient en échange d'une solde, ce qu'on appelle communément le système du mercenariat. A la différence de l'armée française, qui était composée de citoyens français qui venaient de trouver la liberté grâce au nouveau régime. Eux n'étaient pas payés pour se battre contre n'importe quel ennemi qu'on leur désignerait, ils défendaient leur patrie bien-aimée. Le courage et la force qu'a montrés le peuple français en armes pour défendre la liberté, l'égalité et la fraternité qu'il venait d'obtenir en jetant les bases d'une ère nouvelle dépassaient tout ce que les mercenaires des armées de la coalition pouvaient imaginer. Malgré le manque d'armes et de munitions, malgré le manque d'entraînement militaire, le peuple a affronté l'ennemi avec un formidable enthousiasme et l'a renvoyé à l'extérieur des frontières. Et celui qui a organisé cette armée, mis en œuvre les tactiques militaires appropriées à cette nouvelle définition d'une armée nationale, et écrasé en un rien de temps la totalité des armées européennes qui étaient restées sur l'ancien modèle, eh bien, c'est Napoléon.

Napoléon a donc sans aucun doute participé très efficacement, du moins jusqu'à ce qu'il devienne empereur, à la défense de son pays et à l'avènement d'un nouveau système social basé sur la liberté à la place de l'ancien système féodal. Ce n'est pas tout. Il a également fait de gros efforts pour encourager les arts. Tu as lu le livre *Les mystères du monde*, et dans ce livre, le chapitre sur « Les écritures mystérieuses », tu vois donc de quoi je veux parler. Pendant la campagne d'Egypte, Bonaparte s'était fait accompagner par de nombreux hommes de science, ce qui a eu par la suite une influence prépondérante sur le développement de l'égyptologie. Tu connais en particulier l'histoire de la découverte de la pierre de Rosette, une stèle qui a joué un rôle capital dans le déchiffrement des hiéroglyphes.

Plus tard, Bonaparte profite de ce que les Français, fatigués de la guerre civile qui s'éternise, désirent l'ordre et la paix intérieure pour accaparer le pouvoir dans ses seules mains. Mais son pouvoir annonce tout de même un nouvel ordre mondial, et s'il met en avant son ambition personnelle, cette ambition est encore à ce moment-là au service des autres. Cela se voit clairement au fait qu'il réunit un certain nombre de savants de très grande valeur pour mettre en forme un ensemble de lois qui pose solidement les fondations de ce nouvel ordre. C'est le célèbre Code Napoléon, qui deviendra un modèle pour de nombreux pays, et restera vraisemblablement comme le plus grand monument de Napoléon. Au risque de te surprendre, sais-tu que l'influence du Code Napoléon est visible jusque dans notre système de lois à nous, au Japon ?

Car le Japon aussi a aboli le système féodal à la restauration de Meiji, en instaurant l'égalité des quatre anciennes classes distinctes de citoyens. Comment définir ce nouvel ordre social, et en particulier comment définir les relations entre des citoyens tous égaux, est rapidement devenu un problème. Au Japon, il a été résolu par la promulgation du premier Code civil, qui a été élaboré sur le modèle du Code Napoléon. Ce premier Code civil japonais a par la suite été souvent modifié et amélioré, mais ses fondements sont demeurés inchangés. Tel un train sur une voie ferrée, le nouveau Japon roule en douceur sur ce soubassement juridique et connaît une extraordinaire croissance commerciale et industrielle depuis son instauration.

Napoléon a donc énormément agi en faveur de la fin du féodalisme et pour l'instauration du nouveau régime. Cette évolution lui a permis d'obtenir de brillants succès, jusqu'à ce qu'il prenne le pouvoir en se déclarant empereur. A partir de ce moment, il s'attache uniquement à renforcer son pouvoir personnel, et finit par être considéré par de plus en plus de gens comme quelqu'un de plus du tout formidable.

Sa plus grave erreur sera d'imposer le blocus continental à toute l'Europe, c'est-à-dire à interdire tout commerce avec l'Angleterre, qui demeurait inexpugnable. Il a cru qu'il avait acquis suffisamment d'autorité sur les autres nations européennes pour le leur imposer. Mais en réalité, cette interdiction des échanges avec la Grande-Bretagne, qui dominait le commerce international à l'époque, a mis dans la gêne plus de gens sur le continent qu'en Grande-Bretagne. Dans un premier temps, le sucre, une denrée d'usage quotidien, vint à manquer. Certes, sur le continent, on produisait du sucre à partir de la betterave sucrière, mais pas suffisamment pour couvrir les besoins de toute la population. Et quelle que soit la puissance de Napoléon, il n'allait pas assassiner plusieurs millions de personnes juste pour supprimer leurs besoins. Il eut beau organiser une répression sévère, assortie de peines très lourdes, son ordre ne fut jamais exécuté. Non seulement ses mesures échouèrent, mais il s'attira la haine de dizaines de millions de personnes.

Cela le mena directement au désastre de la campagne de Russie. Six cent mille hommes partirent vers la lointaine Russie et moururent misérablement presque jusqu'au dernier dans le froid glacial et la neige. De quelque façon qu'on le regarde, c'est une terrible tragédie. Ces soldats venaient de toutes les parties de l'Europe. Ce n'était certainement pas pour leur pays qu'ils étaient venus jusqu'en Russie. Ils ne se sont pas battus et ne sont pas morts pour l'honneur de leur patrie, pour leur religion ou une quelconque idéologie. Qu'y avait-il à défendre au prix de leur vie ? Rien. Ils ont simplement été envoyés par le pouvoir napoléonien jusqu'en Russie où ils ont été sacrifiés à son ambition égoïste et sont morts pour rien. Six cent mille hommes, qui tous avaient une famille et des amis. Plusieurs millions d'êtres humains au total qui ont versé des larmes amères, qui n'ont pas oublié.

A ce stade, c'est clair, non seulement Napoléon n'agissait plus pour un monde plus juste, mais il était au contraire devenu un obstacle pour cette évolution. Il ne pouvait plus éviter un désastre, tôt ou tard, sa chute se produirait. Ce qui est arrivé, en effet.

Coper, à l'issue de ce petit retour sur la vie de Napoléon, nous comprenons maintenant une chose :

De tous ceux que l'on appelle des héros, les seuls qui méritent notre respect sont ceux dont les actions ont contribué à l'avancement de l'humanité. Et les seules entreprises de réelle valeur sont celles qui vont dans le sens de cette évolution de l'humanité.

Si tu as un peu de temps, je te conseille de lire *Les grands hommes qui ont contribué au développement de l'humanité*. Tu découvriras que parmi les véritables grands hommes, il en existe qui sont très différents de Napoléon.

Et quand tu auras bien compris cela, tu pourras reprendre ton étude de Napoléon et tu trouveras énormément de nouvelles choses à apprendre. Sa vie pleine d'épreuves, son courage, sa détermination, la force de sa volonté, dure comme l'acier ! Car c'est bien beau de vouloir servir le progrès de l'humanité mais il faut au moins posséder tout ça pour y parvenir un tant soit peu.

Même dans les situations les plus dures, jamais le moindre gémissement n'est sorti de ses lèvres. Nous avons tous beaucoup à apprendre de cette force de caractère devant l'adversité.

Connais-tu cet épisode de la vie de Napoléon ?

Après sa défaite à Waterloo, il n'y avait plus de place en Europe pour lui. Il tenta de fuir aux

Etats-Unis en embarquant au port de Rochefort, mais le port était occupé par les Britanniques et il fut pris au piège. La marine britannique le conduisit tout d'abord en Angleterre. Une foule immense se pressait jour après jour sur la jetée pour voir le *Bellerophon*, le navire sur lequel Napoléon était retenu, ancré à l'embouchure de la Tamise. La joie des Britanniques de voir Napoléon, ce héros invincible qui faisait la pluie et le beau temps partout en Europe et leur causait tous ces ennuis depuis vingt ans, devenu un vulgaire prisonnier de guerre, était bien naturelle. Car de nombreuses défaites leur avaient été infligées par cet ennemi qui les avait harcelés du début jusqu'à la fin. Il était enfin pris et, suprême humiliation, se trouvait maintenant dans leur pays. Nombreux étaient les badauds qui voulaient voir ce spectacle du héros ennemi sur un de leurs bateaux à eux !

Evidemment, Napoléon n'avait pas une seule fois quitté sa cabine depuis son arrivée en Angleterre, et personne ne l'avait encore aperçu. Mais un jour, décidé à prendre l'air, il sortit sur le pont. Son chapeau et sa célèbre silhouette le firent immédiatement reconnaître. Des dizaines de milliers de spectateurs retinrent leur respiration et la jetée devint soudain silencieuse. Un instant plus tard, que se passa-t-il, d'après toi ? Sans que personne n'ait prononcé un mot, des dizaines de milliers de Britanniques ôtèrent leur chapeau et s'inclinèrent respectueusement devant le prisonnier.

Napoléon, défait, déclaré *persona non grata* en Europe, à présent aux mains de ses ennemis, emmené prisonnier dans le pays de ses ennemis, ne montra pas un instant de faiblesse. Pas un seul instant il ne se départit de la majesté qui sied à un roi et il accepta le destin qu'il s'était lui-même attiré. Cette grandeur d'âme émut les dizaines de milliers de badauds qui s'inclinèrent respectueusement. Ça, c'est du caractère.

Quand tu seras plus grand, tu découvriras que ceux qui, même animés des meilleures intentions du monde, ne possèdent pas les moyens de réaliser leurs intentions, ne sont que des faibles. La plupart des gens ne sont pas mauvais, mais ils sont faibles, et ne font qu'ajouter à leur malheur et à celui des autres. L'esprit héroïque, s'il n'est pas attaché au progrès de l'humanité, n'est qu'une bulle vide, mais la bonté sans âme héroïque l'est bien souvent aussi.

Tu auras certainement l'occasion de très vite t'en apercevoir.

6

Il neigeait

Au début du troisième trimestre, Coper et ses amis eurent vent d'une rumeur qui s'était répandue rapidement parmi les plus jeunes. Quelque chose de terrible n'allait pas tarder à se produire, à ce qu'on disait, et l'angoisse devenait palpable chez les petits. Mais une semaine passa, puis deux, on était déjà en février et cette chose qui terrifiait tout le monde n'était toujours pas arrivée. La période des examens pour l'entrée au lycée se rapprochait pour les élèves de quatrième et cinquième année, ils étaient occupés par les révisions, ce qui ne leur laissait pas beaucoup de temps pour se préoccuper des plus jeunes. Bref, encore une rumeur sans fondement, qui s'éteindrait comme les autres, pensait-on.

Néanmoins, quand Coper croisait des membres du club Judô en groupes de quatre ou cinq qui roulaient des mécaniques autour du terrain de sport, il se sentait nerveux. C'était encore pire lorsqu'il devait les croiser dans un couloir, où il était quasiment impossible d'éviter de croiser leur regard et de les frôler. C'était franchement l'horreur. A l'échelle de Coper, un type comme Kurokawa semblait un géant dont la tête perçait les nuages. Et il lui arrivait de vous dévisager avec un sourire venu de nulle part quand il vous croisait, avec sa peau épaisse comme une écorce d'orange. Chaque fois, Coper avait l'impression que quelque chose de froid lui coulait le long de l'épine dorsale. Kitami, en revanche, demeurait d'une sérénité parfaite même si c'était pour lui que ses amis s'inquiétaient le plus. Ce n'était pas lui qui allait baisser les yeux le premier sous prétexte qu'il croisait une bande de malabars au pas chaloupé comme des marins à quai. Au contraire, il se retournait après sur eux pour les regarder de la tête aux pieds.

— C'est quoi, cet accoutrement de bandits de grands chemins ? commentait-il pour Coper.

Chaque fois qu'il lui faisait le coup, Coper en avait des palpitations.

Yamaguchi, qui était lui aussi la cible des regards mauvais des élèves des grandes sections, se sentait comme une souris qui a entendu miauler. Dans la mesure du possible, il prenait la tangente et évitait de se trouver trop près du terrain de sport pendant les interclasses, préférant s'amuser avec ses copains derrière la salle de kendô, ou derrière le gymnase les jours de pluie. A quelque chose malheur est bon, cela donna quelques jours de tranquillité à Urakawa.

La fête de la fondation du Japon était passée, il ne restait que quelques jours au mois de février, et toujours rien. Même ce pleutre de Yamaguchi commençait à se dire qu'il s'en tirerait par une belle frayeur. Mais finalement Coper et ses amis durent tout de même affronter ce qu'ils redoutaient.

La veille au soir, un grésil humide avait commencé à tomber, qui s'était transformé en véritable chute de neige au cours de la nuit. Au matin, rien n'indiquait qu'elle avait l'intention de s'arrêter et il neigea sans discontinuer jusqu'à midi.

C'était la première vraie chute de neige depuis si longtemps que toute la classe restait là à la regarder, les yeux grands ouverts, les sens en alerte. Quelle différence avec le temps bas et gris des quatre ou cinq derniers jours, qui plombait le moral de tout le monde. La neige, au contraire, illuminait instantanément les cœurs et les figures. Le matin, alors qu'il neigeait encore bien, plusieurs élèves n'avaient pas résisté au plaisir de bondir sur le terrain de sport pour jouer à grands cris joyeux.

Vers midi, la neige cessa et un beau ciel bleu tout neuf tout propre se montra, laissant voir un soleil scintillant. Pendant l'interclasse, le terrain de sport se mit à bourdonner. Tout était blanc, tout brillait à en faire mal aux yeux. Plusieurs centaines d'élèves se ruèrent comme des fous pour saccager toute cette blancheur, se courir après, se pourchasser, se rouler par terre, partir d'un grand rire devant chaque visage que l'on croisait, rivaliser pour rire plus fort que les autres, regarder ébloui les éclats de rire se percuter en plein ciel. Les premières boules de neige fendirent l'air, éclatèrent en gerbes d'étincelles, et tous les enfants s'abandonnèrent à un joyeux chaos.

Soudain, une énorme boule de neige apparut au milieu de la foule, poussée et roulée par cinq ou six élèves. Un bourdonnement de ruche emplissait l'air. Coper et ses amis n'étaient pas en reste et participaient au tourbillon, et que je te lance une boule de neige, et que je me prends une boule de neige, et que je me roule par terre comme un jeune chiot. Les corps étaient en sueur, une vapeur s'élevait des joues rouges et chaudes.

Jamais les quarante-cinq minutes de l'interclasse de midi n'avaient passé aussi vite. La cloche de la première heure de l'après-midi résonna et les élèves regagnèrent à contrecœur les salles de cours. Une rivière noire de plusieurs centaines d'élèves s'engouffra dans les couloirs, laissant un espace de neige piétinée et, de-ci de-là, quelques bonshommes de neige aux formes étranges, des grands, des petits, qui étaient restés jusque-là inaperçus, chacun tourné vers une direction différente et totalement aléatoire.

Cet après-midi-là, Coper eut beau s'efforcer de s'appliquer et s'intéresser aux cours, il ne réussit pas à se concentrer sur ce que le prof disait. Le sang coulait encore comme un torrent dans ses veines. A l'extérieur le soleil se réverbérait sur la neige et son éclat venait frapper d'un reflet lumineux le plafond de la salle de classe. Parfois, on entendait une grande clameur dehors : sans doute une autre classe qui avait cours de sport et en profitait pour organiser une bataille de boules de neige. Coper tournait malgré lui les yeux vers la fenêtre à chaque cri.

Puis la dernière heure s'acheva. Coper sauta comme un ressort de sa chaise, jeta plus qu'il ne rangea ses cahiers et manuels dans son cartable, puis s'élança en courant dans le couloir jusqu'au terrain de sport. Il confectionna en quelques gestes rapides trois ou quatre munitions. Kitami et Mizutani apparurent ensemble, pris par une conversation, et se dirigèrent, complètement inconscients de ce qui les attendait, vers l'endroit où Coper était posté. Avec un petit rire en coin, il jeta sa première bombe sans sommation. En plein dans le mille ! Malgré la distance, celle-ci explosa exactement au sommet du crâne de Kitami.

L'air fâché de s'être fait surprendre de si belle façon, Kitami lança des regards autour de lui pour identifier le tireur.

— Qui a osé ?

Il n'avait pas encore compris mais commençait déjà à courir en tournant la tête dans toutes les directions. Coper ne put résister plus longtemps et éclata de rire.

— Coucou !

Cette fois, Kitami l'aperçut. Son air furieux se changea en sourire.

— Ah ouais, je vois !

Il se déchargea de son cartable à bretelles, le suspendit à une patère du bâtiment.

— On lui fait sa fête ! s'écria-t-il en se tournant vers Mizutani, en même temps qu'il commençait à confectionner une première boule de neige. Mizutani accrocha lui aussi son cartable à une patère et commença à former une boule. Dès qu'ils eurent les mains pleines, ils se précipitèrent sur Coper, les yeux pétillants, un grand rire aux lèvres.

Sans céder un pouce de terrain, Coper fit parler l'artillerie. Mais ses deux ou trois boules manquèrent leur cible et il tourna les talons et sonna la retraite. Trois ou quatre boules de neige lui dessinèrent des lignes blanches dans le dos.

— Contre-attaque ! cria Kitami, se ruant avec Mizutani sur Coper comme des chiens de chasse sur leur proie au moment de l'hallali.

Coper fila entre les élèves qui jouaient comme eux sur le terrain de sport. Il trouva une protection temporaire derrière un bonhomme de neige et en profita pour refaire son stock de munitions. Après un rapide tir de barrage pour stopper l'avance de ses copains, il se retira de nouveau. Kitami prit une boule bien compacte dans le bras, Mizutani une au menton. Cela augmenta d'un cran leur ardeur et ils repartirent de plus belle à la poursuite de Coper. Celui-ci prit à son tour un beau boulet dans le dos.

Les trois combattants traversèrent ainsi le terrain de sport en courant entre les élèves. Une fois arrivés au bout, ils poursuivirent le combat à l'extérieur sans s'en rendre vraiment compte. Coper, qui courait devant, était tellement pris par l'action qu'il ne se préoccupait pas vraiment de l'endroit où il se dirigeait. A vrai dire, dans sa tête, il était Napoléon et ses deux poursuivants étaient la coalition russo-autrichienne à la bataille de Wagram.

Coper se cacha derrière un grand bonhomme de neige manchot coiffé d'un pot de fleurs à l'envers qui ressemblait à un fez, qu'il rencontra un peu à l'écart du terrain de sport. De là, il se mit immédiatement à bombarder ses deux copains, avant de juger le moment opportun d'abandonner sa position pour en chercher une autre. Il repartit donc en courant, guettant du coin de l'œil Kitami et Mizutani qui le suivaient toujours.

Il lui restait deux boules de neige. Après quelques mètres, il décida d'en utiliser une. Il s'immobilisa, se retourna, se prépara à lancer sa première boule. Mais, tiens ? Il n'y avait plus personne.

Que se passait-il ? Pris au dépourvu, Coper regarda autour de lui et découvrit un attroupement derrière le bonhomme de neige qu'il venait précisément de quitter. Plusieurs individus couraient dans cette direction. Coper revint donc sur ses pas.

Ce qu'il vit lui fit bondir le cœur dans la poitrine.

Kitami et Mizutani étaient cernés par cinq ou six élèves des classes supérieures. Et bien sûr, le fameux Kurokawa se tenait face à eux. Kitami le regardait droit dans les yeux, le menton relevé, les sourcils froncés. A ses côtés, Mizutani fixait plutôt le sol et ne disait rien.

— Alors, j'attends vos excuses ! dit Kurokawa, les bras croisés. Vous croyez vous en tirer comme ça, après avoir démoli notre bonhomme de neige ? Non mais, c'est très impoli, ça…

— Comment je pouvais le savoir ? répondit Kitami sans baisser les yeux.

— Ah, tu ne savais pas ? Menteur ! répliqua Kurokawa en grossissant la voix, l'index pointé sur le bonhomme de neige. Et ça ! Tu l'as abîmé sans le savoir, peut-être ?

Le bonhomme de neige était toujours coiffé de son fez pot de fleurs, mais la neige s'était décrochée du bambou qui formait son bras et dépassait comme un os à nu.

— Je l'ai juste touché par hasard sous le feu de l'action, j'ai pas fait exprès, répondit Kitami légèrement haletant.

— La ferme ! hurla Kurokawa. Je me fous de tes explications. Tu me dois des excuses, j'attends tes excuses. Tu refuses ?

Kitami ne baissa pas les yeux, mais après un instant, il répondit à voix plus basse :

— Je m'excuse.

— Oh, si tu t'excuses comme il faut, je suis prêt à passer l'éponge. Alors, vas-y, devant nous tous ici, présente tes excuses, on te regarde.

— Je suis désolé, dit calmement Kitami.

De l'endroit où il regardait la scène, Coper poussa un soupir de soulagement. Il avait craint le pire. Mais aussitôt des voix s'élevèrent parmi les membres de la bande de Kurokawa.

— On n'a rien entendu !

— Plus fort !

— Plus clair, j'entends pas !

Tête baissée, Kitami ne répondit rien.

— Hé ! Parle plus fort !

— C'est quoi cette voix de moustique ?

— Tu ne peux pas ?

Sous cette pluie d'injonctions qui le sommaient de répéter ses excuses, Kitami resta muet.

Un des plus grands de la bande avec une zone de pelade à la tempe, qui se tenait à côté de Kurokawa, se mit à vociférer.

— Hé ! T'entends pas quand on te parle ? On te dit de t'excuser plus clairement ! Si tu t'excuses, fais-le correctement au moins !

Kurokawa n'était pas en reste et bombait la poitrine, dans la pose du chef.

— Kitami ! Excuse-toi mieux, que tout le monde entende ! Je te dis ça pour ton bien !

Kitami releva la tête. Il avait l'air franchement dépité. Les yeux brillants, les maxillaires serrés. Ses lèvres tremblèrent un instant, puis il dit comme dans un crachat :

— Désolé !

Pour le coup, c'était parfaitement audible. Bien que peut-être le ton fût légèrement agressif pour ses interlocuteurs. Evidemment, cela ne rata pas.

— Qu'est-ce que c'est que cette façon de parler ? grommelèrent les grands.

— C'est une façon de s'excuser, ça ?

— Petit impudent !

Ils resserrèrent leur cercle autour de Kitami. Kurokawa, magnanime, fit comme s'il les retenait du bras et s'avança seul.

— Dis donc, Kitami. Tu nous manques un peu de respect, je trouve, dit-il d'une voix d'autant plus effrayante qu'elle s'efforçait de rester calme. Tu nous prends pour qui, dis ?

— …

— On est des anciens par rapport à toi. On est tes supérieurs. Et toi, c'est pas la première fois que tu manques de respect à tes anciens. T'es qu'un inférieur et tu t'es pas bien mis dans la tête que tu devais montrer du respect à tes supérieurs. Alors, jusqu'à présent, on a été très patients, parce que tu n'es qu'un gamin, mais cette façon insolente de nous parler, on va pas la tolérer longtemps, et s'il faut te donner une leçon, on est prêts.

— Ouais ! Mets-le à l'amende ! cria quelqu'un.

Kitami ne se départit pas de son air impassible, lèvres serrées. Les élèves autour d'eux observaient la situation en se demandant comment cela allait tourner, leurs regards allaient de Kurokawa à Kitami et de Kitami à Kurokawa. Coper ne savait plus où il en était. Il ne pouvait pas fendre la foule pour rejoindre ses camarades, il ne pouvait pas non plus partir sans rien dire. Il resta donc là à regarder, haletant. La veine de son cou palpitait fortement.

C'est alors que la voix de Mizutani se fit entendre.

— Ki… Kitami ne l'a pas fait exprès ! C'est juste par inadvertance…

— On t'a rien demandé, toi, coupa Kurokawa, avant de continuer : Alors, Kitami, tu te soumets docilement à tes supérieurs, ou tu te rebelles ? Choisis ! Et choisis bien, parce que selon ce que tu répondras, ça pourrait mal se passer.

Kitami resta silencieux.

— Ah, mais si tu dis rien, nous pas comprendre ! Alors, tu te soumets ?

— Jamais ! répondit Kitami d'une voix écorchée, les paupières closes, en secouant la tête de toutes ses forces.

— De quoi ? rugit le grand à la tempe pelée en envoyant Kurokawa sur le côté d'un coup d'épaule pour passer au premier rang.

La Pelade, à bout de patience, marcha sur Kitami. Il armait son poing pour le frapper quand, venant d'on ne sait où, quelqu'un se précipita sur lui. C'était Urakawa.

— C'est pas la… pas la faute de Kitami ! Nous, on… on…

Urakawa était tellement excité qu'il ne trouvait pas ses mots. Peut-être ne savait-il pas lui-même ce qu'il fallait dire, il agitait les mains dans tous les sens comme pour s'aider à trouver les mots, mais ne produisait qu'un piteux bégaiement.

— Toi, tu dégages, le Tôfu, répliqua la Pelade en repoussant Urakawa d'une manchette.

Urakawa, déséquilibré, fit quelques pas en chancelant, puis s'effondra dans la neige sur les fesses. Toute la bande de Kurokawa partit d'un grand éclat de rire.

Mais le rire ne s'était pas éteint qu'un bruit désagréable se fit entendre. C'était la Pelade qui venait de frapper Kitami au visage, une lueur malsaine dans les yeux.

— C'est… c'est à cause de morveux comme toi qu'il est impossible de maintenir la discipline de notre école !

Tout en parlant, il fit un pas de plus pour se coller tout contre Kitami, mais Mizutani se glissa entre eux. Urakawa, lui aussi, s'approcha à peine relevé. Ils étaient tous les deux blêmes et tremblants, mais formaient un mur pour protéger Kitami.

C'est le moment ou jamais de me joindre à eux, se dit Coper. Mais, à cette idée, il se mit à trembler de tout son corps, impossible de faire un pas. Maintenant ou jamais, se répétait Coper, toujours figé sur place.

— Oh oh oh, voilà qui est amusant… fit Kurokawa avec un sourire sardonique. Alors, vous marchez avec Kitami ? Et vous avez décidé de nous défier, je vois ? Ça commence à devenir amusant. Eh bien, si vous vous en croyez capables, venez-y pour voir !

Il embrassa du regard les élèves de première année qui assistaient à la scène.

— Allez, ceux qui marchent avec Kitami, montrez-vous un peu !

— On sait bien qu'il en a d'autres, des copains, Kitami. Allez ! Un pas en avant ! renchérit la Pelade à la suite de Kurokawa en toisant les élèves.

Coper sentit que le regard se posait sur lui et baissa la tête instinctivement. Il cacha dans son dos ses mains qui tenaient toujours les deux boules de neige.

— Oh, je sais qu'il y a encore au moins un copain de Kitami dans les parages. Allez, montre-toi ! cria la Pelade en regardant les élèves par en dessous.

Quand il sentit une nouvelle fois ses yeux se poser sur lui, Coper lâcha le plus discrètement possible les boules de neige dans son dos. Et sa tête était devenue trop lourde pour se relever.

Il entendit Mizutani crier :

— Ah !

Puis :

— Kitami ! Que la sentence soit appliquée !

Deux bruits sourds de coups de poing directement portés succédèrent à la déclaration de Kurokawa.

— Vas-y ! Encore !

Toute la bande de Kurokawa se mit à l'encourager.

Quand Coper releva craintivement la tête, il aperçut Kitami effondré au pied du bonhomme de neige. Devant lui, Mizutani et Urakawa étaient toujours debout, serrés l'un contre l'autre. Une volée de boules de neige traversa l'espace et les frappa sans distinction à la tête, au torse, aux hanches. Mais ils supportèrent la salve sans perdre de leur cohésion, sans abandonner Kitami.

Dong ! Dong ! Dong !

La cloche sonna le début du cours suivant. Pas pour la classe de Coper, qui avait terminé sa journée, mais pour les élèves de quatrième et cinquième année qui avaient encore cours. Ils s'éloignèrent pour rejoindre leur classe, non sans avoir jeté toutes les insanités qui leur passaient par la tête aux trois garçons.

Une fois les grands partis, Mizutani s'accroupit aux côtés de Kitami toujours effondré et l'aida à se relever en le prenant à bras-le-corps. Urakawa ramassa sa casquette et la lui remit sur la tête. Kitami se redressa en serrant les dents, quand soudain :

— Merde… s'écria-t-il.

Au même instant, il se cogna au bonhomme de neige. Celui-ci se coupa par le milieu, le haut du corps et la tête s'effondrèrent et se dispersèrent en poudre. Kitami n'eut même pas un regard pour ce qui en restait et évita de s'effondrer de nouveau en se retenant au bras de Mizutani.

Comme s'il ne pouvait retenir plus longtemps tout le dépit qui s'était accumulé en lui, il éclata soudain en pleurs contre l'épaule de Mizutani. Les sanglots se communiquèrent rapidement à Mizutani qui laissa de grosses larmes rouler sur ses joues. Tous deux pleurèrent un moment, serrés dans les bras l'un de l'autre. A côté d'eux, Urakawa avait du mal à supporter seul l'amertume de la défaite. Son visage, caché derrière le dos de sa main sale, était lui aussi inondé de larmes.

Leurs camarades de classe et les élèves de deuxième et troisième année s'étaient approchés des trois garçons après le départ de Kurokawa et sa bande, mais ils ne savaient pas quoi dire. Ils échangèrent entre eux quelques murmures, puis commencèrent à quitter les lieux par petits groupes de deux ou trois. Bientôt ne restèrent que les trois garçons toujours secoués de sanglots, et Coper.

Coper restait debout, la tête retombée sans force sur sa poitrine. Il regardait ses pieds, livide. Le soleil brillait d'une lumière aveuglante au-dessus du bâtiment de l'école, au-delà du terrain de sport, mais Coper restait là, traînant une longue ombre à ses pieds, comme seul au monde.

Il venait de tomber au fin fond d'un monde infiniment sombre.

Je suis un lâche.

Je suis un lâche.

Je suis un lâche.

Ces mots qu'il ne voulait pas entendre résonnaient silencieusement dans son esprit. Il avait trahi sa promesse du 5 janvier, passée solennellement chez Mizutani, de faire front et de se battre avec eux, si la situation l'exigeait. Il avait regardé son ami Kitami se faire frapper, sans un mot, sans un geste, alors que Mizutani et Urakawa avaient pleinement respecté leur promesse en partageant courageusement l'humiliation de Kitami.

Coper ne pouvait plus relever la tête. A cinq ou six mètres de lui, trois garçons pleuraient à chaudes larmes, unis comme s'ils ne faisaient plus qu'un, mais lui restait à l'écart, incapable de les approcher, incapable de leur parler. Quelques minutes plus tôt, ils étaient quatre super copains, mais dorénavant et à jamais, il s'était de lui-même exclu de leur amitié. Il lui semblait être tombé au fond d'un profond et sombre ravin, dont il ne pourrait jamais escalader les parois trop hautes et trop raides. Il était condamné à rester là tout au fond pour toujours. Qu'avait-il fait… Pourquoi avait-il agi ainsi ? Pourquoi avait-il commis cette irréparable erreur ? Il n'y avait pas de réponse à cette question.

Dans la tête devenue si lourde de Coper, ces événements qui n'avaient duré qu'un petit quart d'heure lui revenaient comme un cauchemar. Kitami qui, même encerclé par les grands, leur tenait fièrement tête, le profil de Kurokawa, le regard plein de haine du grand à la tempe pelée, le regard résolu et ferme de Mizutani épaulant Kitami, Urakawa qui cherchait des mots dans sa tête de toutes ses forces, au bord des larmes... En plus, oui, c'est vrai, il avait vraiment voulu rejoindre ses amis, il avait vraiment pensé faire rempart avec eux pour protéger Kitami ! Maintenant ou jamais ! Maintenant ou jamais ! Combien de fois se l'était-il répété ? Et le résultat ? Il avait laissé passer le moment, et cela avait été trop tard, et il ne pouvait plus maintenant.

J'aurais dû... prononça Coper dans sa tête.

Mais je n'ai jamais pensé à m'enfuir. Je n'ai jamais pensé les laisser tomber, jamais je n'ai pensé ça... C'est juste que... j'ai laissé passer le bon moment...

Sauf que Kurokawa avait tout de même appelé : « Montrez-vous, les copains à Kitami ! » Et à ce moment-là, qui avait caché ses boules de neige derrière son dos, hein ? Et quand la Pelade l'avait regardé avec des yeux méchants, qui avait discrètement jeté ses munitions, hein ? Il revit la scène.

Personne n'avait rien remarqué, peut-être, mais lui était bien placé pour le savoir. Cette sensation quand il avait pâli, quand il avait senti le sang se retirer de son visage. Ce regard en coin qu'il avait jeté, juste pour vérifier si personne ne l'avait vu. Oh, comme il aimerait pouvoir effacer ce souvenir ! C'était précisément à cet instant-là qu'il avait trahi ses amis. Et maintenant, ce souvenir resterait à jamais gravé dans son esprit. Aaah, quelle bourde il avait faite ! Quelle impardonnable bourde !

Il avait tellement honte que les larmes ne lui venaient même pas. Ces jours où ils s'amusaient ensemble, et tout à l'heure, quand ils se couraient après en se bombardant de boules de neige et riaient tous les trois, tous ces souvenirs avaient instantanément reculé à une époque située très très loin dans le passé.

Combien de minutes s'étaient écoulées ? Coper sentit un mouvement du côté de Kitami et de ses amis, ses vrais amis, alors il leva les yeux. Mizutani parlait à voix basse. Kitami acquiesça et tous trois se mirent en route en direction du collège.

Ah… Ils partaient. S'il voulait présenter des excuses, c'était le moment ou jamais. S'il laissait passer sa chance…

Il y pensa, mais encore une fois il fut incapable de courir vers Kitami. C'était tellement inexcusable. Il avait tellement honte. Il était cloué sur place, tout juste capable de tourner légèrement les yeux pour les suivre timidement de loin.

Ah… Si Kitami se retournait vers lui et lui jetait ne fût-ce qu'un tout petit sourire, quelque chose comme : « Allez, ce n'est pas grave… » Ou même pas, si seulement Mizutani avait un mot pour lui…

Avec quelle ferveur Coper pria pour que cela se réalise. Oui, il aurait suffi d'un tout petit signe de l'un ou de l'autre, avec quel bonheur il se serait précipité pour les rejoindre ! Et sans doute, les larmes venant enfin, il se serait excusé, il aurait demandé pardon pour ce qu'il avait fait. Mais Kitami et ses amis s'éloignèrent comme s'ils ne l'avaient même pas remarqué, comme s'il était totalement absent de leur champ de vision. Seul Urakawa ralentit un instant et se retourna vers lui. Leurs regards se croisèrent. Urakawa, l'air désolé pour Coper, sembla hésiter à dire quelque chose. Ce fut l'affaire d'une paire de secondes, l'instant d'après, Urakawa avait lui aussi tourné le dos et s'était remis en marche.

Coper se trouva complètement seul. Comme il suivait des yeux les trois garçons serrés épaule contre épaule jusqu'au bâtiment, il ressentit un pincement désagréable dans la poitrine. Jamais de sa vie il n'avait éprouvé un tel dégoût de lui-même. Et il venait de laisser passer son unique chance de présenter des excuses. Et encore, ce n'était pas le pire. Ah, comme ils s'entendaient bien, eux ! Ils étaient de vrais amis, eux ! Les voir ainsi, alors que lui restait là seul et abandonné, il ne connaissait rien de plus douloureux. Kitami la main sur l'épaule de Mizutani, Mizutani le bras autour du cou de Kitami, et Urakawa pareil de l'autre côté, tous les trois ne faisant qu'un.

Ils avaient partagé l'expérience du même danger, goûté à la même douleur, pleuré les mêmes larmes amères. Ils communiaient dans le même sentiment. Même s'il leur restait une rancœur, des regrets, au moins connaissaient-ils la joie de se sentir amis. L'amertume elle-même renforçait leur exaltation. Coper pouvait l'imaginer. Et à cette seule pensée, il se sentait vraiment misérable, car lui n'avait plus le droit de penser qu'il faisait partie de leur groupe. Mizutani, son meilleur ami depuis l'école primaire, était parti bras dessus bras dessous avec Kitami sans même un regard pour lui. Même Urakawa, qui avait une telle confiance et une telle estime pour lui, n'avait eu qu'un regard de pitié avant de s'éloigner sans un mot.

Coper restait planté là, dans la neige, à regarder les dos de ses trois amis. Soudain, il sentit des larmes brûlantes, douloureuses, s'accumuler sous ses paupières. Il n'avait jamais pleuré comme ça. L'image des trois garçons devint floue.

Sa tête retomba sans force sur sa poitrine.

Coper ne se rappelait même pas comment il était rentré chez lui ce jour-là. Pendant qu'il marchait le long de l'avenue en pataugeant dans la neige fondue, laissant traîner son parapluie noir au bout de sa main, ou assis sur la banquette du tramway, ses yeux revoyaient sans cesse le film des événements. Et quand il arrivait à la scène finale, où les trois garçons l'abandonnaient à son sort, il se remettait à pleurer.

A destination, alors que sa mère lui avait préparé tout spécialement des pancakes, il n'en avala pas même la moitié d'un. Le repas du soir non plus ne voulut pas passer. Sa mère s'inquiéta.

— As-tu mal au ventre ?

Mais Coper ne répondit même pas à la question.

— Tu ne te sens pas bien ?

Toujours aucune réponse.

— Mais qu'est-ce qui t'arrive, voyons ? Tu n'as pas bonne mine.

Sa mère lui posa une main sur le front. Il était brûlant. Elle lui glissa illico un thermomètre dans la bouche : il avait plus de trente-huit degrés de température. Il était resté immobile dans la neige alors qu'il était en transpiration, il avait attrapé froid.

Sa mère fit rapidement préparer son futon et le coucha. Puis elle lui installa une poche à glace et lui fit prendre un cachet d'aspirine. Coper ne prononça pour ainsi dire pas un mot pendant tout ce temps. Ce n'était pas seulement parce qu'il se sentait mal et n'avait pas envie de parler. En réalité il avait peur, s'il ouvrait la bouche, d'éclater en sanglots. Et plus sa mère se montrait gentille et attentionnée, plus ce sentiment s'amplifiait.

Mais sans doute sa mère pensait-elle que son mutisme était un symptôme de son rhume. Elle tapota le bas de sa couette pour l'aérer et éteignit la lumière.

— Tâche de passer une bonne nuit, dit-elle avant de le laisser.

Seul dans la chambre, Coper ferma les paupières très fort. Malheureusement, c'était encore la scène du terrain de sport qu'il revoyait. L'horrible figure de Kurokawa, les yeux de la Pelade, Kitami effondré dans la neige, et… et les trois amis s'éloignant de dos, le laissant seul ! Coper attrapa le bord de la couette avec les dents, serra et laissa les larmes couler. Il sentait ses larmes tomber l'une après l'autre sur son oreiller.

Ils ne veulent plus de moi, c'est fini. Ils ne voudront plus être mes amis, c'est impossible, et ça… ça fait plus mal que tout…

Ne pouvant pas la supporter plus longtemps, Coper fit valser la couette. L'air froid de la pièce traversa son pyjama. Bien que sa tête fût bouillante, son dos frissonnait. A chaque frisson, il était pris de tremblements, mais il ne remit pas la couette.

Sa maladie pouvait bien s'aggraver, pour ce que ça lui faisait ! Voilà. Il n'avait qu'à tomber gravement malade et comme ça, à la fin, s'il mourait…

Ah, au moins, Kitami le comprendrait, et alors, peut-être…

7

Le souvenir de l'escalier en pierre

Coper resta tout de même au lit deux bonnes semaines. Un moment, ce fut assez sérieux pour que l'on craigne une pneumonie. Trois jours durant, du matin jusqu'au soir et la nuit aussi bien, il frôla les quarante de fièvre. Ce fut vraiment dur. Mais grâce à sa mère, qui resta pendant tout ce temps à le veiller sans dormir, la fièvre commença à baisser le quatrième jour, et la douleur à diminuer. Au bout d'une semaine, il était capable de lire un livre mais comme il avait encore de la fièvre et toussait un peu, il n'insista pas et resta au lit.

Jusque-là, quand il se sentait un peu fiévreux, il disait toujours : « Oh, ce n'est rien ! » et insistait pour aller quand même en classe. Mais pour une fois, il obéit comme il faut au docteur et resta sagement au lit. Tellement sagement, à dire vrai, que sa mère trouva cela plutôt inquiétant.

Qu'avait-il donc fait pour tomber malade à ce point ? Etait-il arrivé quelque chose ? se demandait-elle parfois par-devers elle.

Dans son futon, Coper revoyait inexorablement la scène du fameux jour de neige. Et plus il y pensait, plus l'idée de retourner en cours et de revoir Kitami et les autres lui paraissait impossible. Par chance, il était tombé malade, se disait-il, ce qui lui avait donné un prétexte pour ne pas retourner au collège. Mais évidemment, cela n'allait pas durer indéfiniment. Tôt ou tard, il allait bien falloir qu'il revienne, et il ne pourrait pas éviter de les voir. Coper se rongeait d'angoisse en imaginant l'avenir.

Aurait-il préféré ne plus jamais les voir, alors ? Bien au contraire, cette idée lui était insupportable. Etre ignoré pour toujours par Mizutani avec qui il s'entendait si bien, par Urakawa qui lui montrait une telle confiance, par Kitami, son meilleur copain, être séparé d'eux pour toujours ? Non, c'était impossible.

Qu'est-ce que je vais faire ?

Le menton enfoui sous la couette, les yeux fixés au plafond, Coper réfléchissait des heures durant, sans avancer d'un centimètre.

En fin de compte, il ne voulait plus paraître devant eux, mais il voulait qu'ils soient quand même ses copains comme avant. Voilà, c'était tout. Ce n'était pas compliqué. Il devait, premièrement, s'excuser, deuxièmement, leur faire retrouver leur bonne humeur envers lui, c'était l'évidence même, et jusque-là, tout était clair. Le problème, c'était : comment s'excuser ? Que leur dire ?

Coper élaborait toutes sortes de scénarios dans sa tête. D'abord, Kitami et Mizutani n'étaient pas censés savoir qu'il avait tout vu depuis le début, y compris le moment où Kitami s'était fait harceler par les grands et avait été frappé. S'il expliquait qu'à un moment donné, il s'était dit : « Tiens, c'est bizarre, qu'est-ce qui se passe ? » et était revenu sur ses pas, mais qu'il était déjà trop tard, Kitami avait déjà été frappé, peut-être le croiraient-ils.

Mais oui, bien sûr ! Si ça s'est passé comme ça, ils ne peuvent pas m'en vouloir de ne pas avoir accouru à leur secours. Ce n'est pas que je n'ai pas accouru, c'est juste que je n'ai pas eu le temps !

Ah, zut… il y avait aussi Urakawa. Il avait certainement vu que Coper était là depuis le début, le mensonge ne tiendrait pas longtemps.

Et s'il faisait jouer sa maladie ?

Oui, à ce moment, il avait senti de gros frissons, il était en train d'attraper la crève, il arrivait à peine à tenir sur ses jambes. Il n'avait pas volé à leur secours, c'est vrai, désolé, mais c'est parce qu'il était malade, vous comprenez, n'est-ce pas ?

S'il présentait les choses de cette façon, ils lui pardonneraient certainement.

Hum, mais comment expliquer qu'ils jouaient en rigolant si fort une minute plus tôt ? Un rhume ne se déclare pas aussi brutalement, personne ne le croirait. Bref, ce prétexte-là ne valait rien non plus.

Bon, alors, s'il expliquait comme ça :

Je m'apprêtais à accourir pour vous aider, comme promis, quand soudain, je me suis dit : plutôt que de me trahir en les rejoignant, il vaut mieux observer objectivement la situation pour ensuite en témoigner. Au moins, les profs seront bien obligés de me croire et Kurokawa et sa bande se prendront un avertissement. Bref, c'est pour venger Kitami que je suis resté à l'écart, que je me suis retenu de venir, parce qu'il valait mieux que quelqu'un voie les choses avec du recul. C'était exprès, en fait.

Ah ouais, vu comme ça, ça montrait qu'il y avait une réflexion derrière, que c'était calculé, et s'il n'avait pas exactement respecté sa promesse, c'était pour faire mieux.

Hum… Kitami et les autres croiraient-ils à cette explication ?

Oui, si ça se trouve, Kitami dirait : « Ah, je comprends maintenant ! Je n'avais pas vu les choses comme ça, mais maintenant, je comprends mieux, je suis désolé, Coper, j'ai failli douter de toi, tu ne m'en veux pas ? »

Sauf que si c'était Kitami qui s'excusait à sa place, il se sentirait très très mal. Parce que là, pour le coup, ce serait vraiment tromper son ami, et même si personne ne découvrait le pot aux roses, lui devrait garder ce souvenir au fond de son cœur.

« Montrez-vous, les potes à Kitami ! » avait crié Kurokawa, et lui, il avait caché les boules de neige dans son dos… Avant de s'en débarrasser discrètement… Comment pourrait-il se faire passer pour un grand stratège dont les actes étaient justifiés par un subtil raisonnement, quand le souvenir de la réalité lui resterait éternellement planté dans le crâne ? Comment pourrait-il se tromper lui-même ?

Car, à la vérité, chaque fois qu'il repensait à ce qu'il avait fait, il se détestait. Jamais il n'avait cru qu'il se montrerait aussi peureux et aussi lâche le moment venu. Aujourd'hui il découvrait que ce qui a été fait ne peut jamais s'effacer. Et même si personne ne sait la réalité de ce qu'on a fait, il y en a au moins un qui le sait : soi-même. Et même si un jour il l'oubliait, la réalité de ce qui s'était passé ne changerait pas. Ce qui était arrivé était arrivé pour toujours. Aucun acte n'avait le pouvoir d'effacer ce qui un jour avait été.

Qu'est-ce que je vais faire ? Qu'est-ce que je vais faire ? se disait Coper en se mordant les lèvres, les yeux fixés au plafond.

C'était à la tombée du jour que lui venait ces idées noires, quand la chambre commençait à s'assombrir sans qu'il soit encore l'heure d'allumer.

Coper devint taciturne. Il ne parlait plus. La plupart du temps, il réfléchissait en silence. D'habitude, quand il était malade, il profitait de la moindre rémission pour faire feu de tout bois. Sa mère lui préparait à manger tout ce qu'il voulait ou presque. Tant que cela n'était pas contre-indiqué par sa maladie, disons. Et Coper ne manquait pas de profiter dans les grandes largeurs des privilèges que lui donnait sa maladie. Mais cette fois-ci, sa mère avait beau lui suggérer ses gâteries préférées – « Et une omelette ? Ça te dirait, une omelette pour midi ? » –, lui proposer d'aller acheter des biscuits russes ou un livre qu'il aurait envie de lire, Coper marmonnait une réponse maussade. Si sa mère essayait de lancer un sujet de conversation, histoire de lui remonter le moral, elle tombait à plat, rien ne prenait, et très vite elle se voyait rabrouée par un « Tais-toi, un peu… » grommelé sur un ton désagréable pendant qu'il changeait de côté pour dormir en lui tournant le dos.

Ce qui, évidemment, lui faisait froncer les sourcils d'un air inquiet. Mais elle se retenait de lui poser des questions, malgré l'envie qu'elle en avait, et s'éloignait sans bruit. Et quand Coper entendait sa mère pousser un soupir, de nouvelles larmes silencieuses lui venaient.

Cette histoire était décidément d'une extrême gravité pour Coper. Jamais, de toute sa vie, il n'avait dû faire face à une telle angoisse. Au décès de son père, il avait beaucoup pleuré et avait eu beaucoup de peine, mais ce n'était pas quelque chose dont il se sentait coupable. Au contraire, s'abandonner au chagrin l'avait soulagé. Cette fois-ci, c'était autre chose, cette pensée qui tournait en rond dans sa tête, que malgré les regrets il ne pouvait pas revenir en arrière et corriger ce qui s'était passé, lui faisait atrocement mal. Il se réveillait au milieu de la nuit, et ensuite, plus moyen de retrouver le sommeil.

C'était la première fois qu'il regardait en face ses pensées et ses actes.

Après plusieurs jours dans cet état, Coper commença à se faire une idée de la situation : il pourrait faire des excuses publiques, cela n'y changerait rien, il avait trahi son ami et cette réalité ne pouvait être modifiée. La réalité pesait sur Coper et regardait sa conscience droit dans les yeux. Il ne cherchait plus de prétextes. Il se sentait misérable en pensant à ce qu'il avait fait et il trouvait qu'il avait vraiment été lamentable envers Kitami, Mizutani et Urakawa. Il avait envie de s'excuser franchement devant eux.

Je suis désolé, j'ai été nul.

Mais bon, restait à savoir si s'excuser suffirait pour se faire pardonner. S'il reconnaissait sa lâcheté, n'allaient-ils pas mettre un terme définitif à leur amitié ? Bref, Coper était toujours en pleine panique.

Le dimanche matin…

Les rayons du soleil illuminaient le papier de la cloison de sa chambre de malade, pendant que la bouilloire sifflait sur le brasero.

A côté du futon de Coper, son oncle lisait le journal, allongé par terre.

Coper, couché sur le dos, jouait avec sa poche à glace qui se balançait au bout de son fil. Il n'en aurait bientôt plus besoin. L'eau dans la poche à glace était déjà tiède et la poche toute molle oscillait de droite à gauche, de gauche à droite. Ce mouvement de balancier était amusant mais ce n'était pas du tout à ça que Coper réfléchissait.

Je lui dis ou je ne lui dis pas ?

S'il voulait lui dire, ils étaient tous les deux seuls dans la chambre, c'était le moment. Il y avait réfléchi depuis tant de jours. Il se décida.

— Mon oncle, tu sais…

— Quoi ? demanda l'oncle sans lever les yeux du journal.

— Tu sais, je…

— Oui ?

— Je…

Il n'arrivait pas à trouver les mots. Il s'était dit qu'il allait tout raconter à son oncle, mais une fois au pied du mur, ce n'était vraiment pas facile. Mais il se força.

— Je n'ai pas envie de retourner en cours.

Coper avait prononcé la phrase d'un ton si sérieux que l'oncle leva les yeux de son journal.

— Et pourquoi ?

— Parce que… je n'ai pas envie d'y aller, répéta Coper d'un air penaud.

— Mais tu es bientôt guéri et ça va être les examens du trimestre, non ?

— Oui, mais, moi, je ne veux plus.

— Bah, pourquoi ?

— Parce que je…

Ça ne sortait toujours pas.

— C'est bizarre, ça. Toi qui as toujours…

— Non, ce n'est pas ça, le coupa Coper en secouant la tête. Mon oncle, en fait, je…

Il n'en était encore qu'au début de sa phrase lorsqu'il sentit une chaleur dans ses yeux. Les larmes montaient.

Se retenant pour ne pas éclater en sanglots, Coper avoua :

— J'ai fait… j'ai fait quelque chose de très mal.

Son oncle se redressa à moitié et le regarda attentivement. Les larmes débordèrent au coin de l'œil de Coper, toujours couché sur le dos, et tracèrent une ligne jusqu'à l'oreille.

— Qu'est-ce que c'est que cette histoire ? dit l'oncle calmement. Tu ne veux pas me raconter en commençant par le commencement ?

Mais Coper restait muet, regardant d'un œil fixe le plafond au milieu des larmes.

— Bon, ça n'a pas d'importance, raconte-moi comme que tu voudras, reprit son oncle.

Alors, Coper remonta au tout début, au jour où, chez Mizutani, les quatre garçons avaient prêté serment, puis il raconta ce qui s'était passé le jour où la neige était tombée et comment les trois autres lui avaient tourné le dos. En parlant, il avait l'impression que tout ce qui s'était accumulé depuis tant de jours dans son cœur réussissait enfin à s'écouler. Petit à petit, les choses devenaient plus faciles à dire, et à la fin, il parlait presque facilement.

— Je suis tellement désolé de ce que j'ai fait. C'est normal que Kitami et les autres m'en veuillent, je le comprends. Ce que j'ai fait est tellement lâche. J'ai été tellement lâche…

Quand il parvint à prononcer ces mots, ce fut comme si un lourd fardeau se détachait de ses épaules.

— Je vois. C'était donc ça… énonça son oncle comme s'il se sentait rassuré. Et donc, toi, Coper, qu'est-ce que tu veux faire, maintenant ?

— Je ne sais pas quoi faire. Je voudrais juste que Kitami comprenne.

— Comprenne quoi ?

— Comprenne… eh bien, comprenne que… ce que j'ai fait, c'est très mal… et que je regrette beaucoup de l'avoir fait. Même maintenant, quand j'y repense, je me sens tellement mal.

— Hum.

— Et puis, ce n'est pas pour me donner des excuses, mais en fait j'avais envie de me mettre devant Kurokawa, plein de fois.

— …

— Si, si, je te jure ! Je voulais y aller, je voulais pour de vrai. Je voulais y aller mais je n'ai pas réussi à me décider, et le temps que j'attende le meilleur moment, il a frappé Kitami. J'ai été trop hésitant, c'est pour ça, mais je m'inquiétais pour

Kitami. Je ne regardais pas la situation avec indifférence. C'est ça que je voudrais qu'il comprenne.

— Oui, ça c'est sûr, acquiesça l'oncle.

— Mais qu'est-ce que je dois faire maintenant ?

Alors, l'oncle, comme pour lui redonner un peu le moral, lui dit sur un ton très gai :

— Mais voyons ! Il n'est même pas besoin d'y réfléchir. Ecris-lui ! Tout de suite ! Ecris-lui une lettre ! Tu écris tout de suite une lettre à Kitami dans laquelle tu t'excuses comme il faut. Il ne faut pas que tu gardes indéfiniment ça sur le cœur.

Mais des résistances subsistaient dans l'esprit de Coper.

— Mais, mon oncle, tu crois que ça suffira pour les faire revenir ?

— Ah, ça, je ne sais pas.

— Alors, non, je ne peux pas.

— Junichi ! cria l'oncle excédé.

S'il ne l'appelait même plus Coper, c'est qu'il prenait les choses au sérieux.

— Junichi ! Qu'est-ce que c'est que cette façon de penser ? Ce n'est pas comme ça que ça marche ! Tu oublies que c'est toi qui as trahi la promesse que tu avais faite à tes amis, tout de même ! Tu t'es désolidarisé de Kitami et de tes camarades par peur de recevoir un coup de poing de Kutokawa, pas vrai ? Et tu viens de dire que tu étais désolé et que tu comprenais que Kitami soit fâché contre toi à cause de ce que tu as fait, si je ne me trompe pas. Alors, qu'est-ce que tu me racontes maintenant ?

Pourquoi n'assumes-tu pas les responsabilités de ton acte, dis-moi ?

Les paroles de son oncle frappèrent Coper comme un coup de fouet. Et l'oncle, très remonté, continua à lui faire la leçon.

— Si Kitami et Mizutani décident de ne plus te parler, à qui la faute ? Tu es mal placé pour te plaindre, tu ne crois pas ?

Coper ferma très fort les paupières sous la volée de bois vert.

Soudain, l'oncle de Coper revint à un ton beaucoup plus posé.

— Bien sûr, perdre ses meilleurs amis dans de telles circonstances est une expérience amère. Et que tu veuilles te réconcilier avec Kitami et tes camarades, je peux tout à fait le comprendre. Mais ce n'est pas le moment d'y penser. La seule chose à faire dans l'immédiat est de t'excuser auprès de Kitami. Il faut que tu dises honnêtement que tu reconnais ta responsabilité, que tu es désolé de ce que tu as fait. Est-ce que cela aura un effet ? Ce n'est pas le moment d'y réfléchir. Reconnais tes actes honnêtement, et peut-être Kitami sera-t-il de nouveau disposé à parler avec toi comme avant. Ou peut-être restera-t-il fâché et refusera-t-il de te parler. Inutile d'épiloguer là-dessus maintenant, il n'y a aucun moyen de le savoir. Une seule chose est sûre, même s'il décide de rompre définitivement toute relation avec toi, tu n'auras pas le droit de le lui reprocher. Bref… Bref, Coper, c'est le moment de faire preuve d'un peu de courage. Tout ce qui pourra arriver de pire sera la conséquence de ce que tu as fait, alors montre que tu sais assumer avec rigueur et dignité la conséquence de tes actes. D'ailleurs, réfléchis : ton erreur a justement été de ne pas être prêt à payer le prix de tes actes, puisque tu as fait une promesse sans avoir le courage nécessaire pour la tenir, pas vrai ?

Coper, les paupières closes, approuva d'un signe de tête muet.

— Alors ce n'est pas le moment de répéter la même erreur. Allez, Coper ! Montre-toi courageux, ne te focalise pas sur des choses inutiles, fais ce que tu as à faire et c'est tout. Montre que tu es un homme. Pas question de te laisser abattre pour une chose pareille ! Allez, tu te réveilles et tu écris une lettre à Kitami et aux autres. Parle honnêtement et sincèrement, dis-leur comment tu te sens et demande-leur de bien vouloir te pardonner. Tu verras, tu te sentiras beaucoup mieux après.

Coper écoutait son oncle sans rien dire, il ne voyait pas bien son visage, à cause de ses yeux humides de larmes. Il demeura tourné vers le plafond pour répondre, très distinctement :

— Oui, mon oncle, je vais lui écrire.

Avant de continuer, comme s'il avait pris une grande décision :

— Si Kitami ne me pardonne pas, eh bien… S'il ne me pardonne pas, je… je… Eh bien, j'attendrai jusqu'à ce qu'il me pardonne.

Coper passa tout l'après-midi à écrire une lettre à Kitami.

Cher Kitami,

J'étais là quand ceux de la bande à Kurokawa t'ont pris à partie et t'ont frappé. J'ai tout vu. Mizutani et Urakawa sont restés jusqu'au bout avec toi sans s'enfuir. J'ai tout vu, j'étais là. Et moi, je n'ai rien fait, je suis resté dans mon coin.

Non, je n'avais pas oublié qu'on s'était promis de faire front ensemble si cela devait arriver. Je n'avais pas oublié qu'on avait prêté serment petits doigts croisés.

Je m'en souvenais parfaitement. Et malgré cela, je n'ai pas respecté mon serment. Ce que j'ai fait n'a qu'un seul nom : la lâcheté.

Je ne sais pas quoi dire pour m'excuser. Ce que j'ai fait, à toi, à Mizutani, à Urakawa, n'a pas d'excuse. Tu ne peux pas imaginer combien je regrette. Dès que j'y repense, ça me fait tellement mal.

Tu peux me traiter de lâche, de dégonflé, c'est tout ce que je mérite.

Je n'ai pas le droit de me plaindre, même si vous devez me mépriser, même si vous ne voulez plus entendre parler de moi.

Je veux simplement dire que je suis désolé pour ce que j'ai fait, je regrette, je regrette à mort.

J'aurais préféré mourir. Je te demande de le croire, je suis désolé pour de vrai.

Je n'ai pas fait un pas pour me joindre à vous parce que je n'en ai pas eu le courage, ce n'est pas parce que je me moquais de ce qui pouvait vous arriver. Pas une seconde je n'ai pensé que ce qui pouvait vous arriver n'avait aucune importance.

Ça n'a pas changé aujourd'hui. J'espère un jour réussir à vous en convaincre. Vraiment. Un jour, je vous montrerai que je peux aussi avoir du courage.

J'aimerais que tu me croies.

Tu n'imagines pas le bonheur que ce serait pour moi si tu pouvais me croire.

Le xx mars
Honda Junichi

A l'attention de :
Kitami Kôta
(Merci de bien vouloir montrer cette lettre à Mizutani et Urakawa.)

Dès que sa lettre fut terminée, Coper appela la domestique et lui demanda d'aller la poster. Puis il déchira les brouillons et ratages en menus morceaux et les jeta à la corbeille, avant de retaper son oreiller et de se recoucher. Il poussa alors un gros soupir, qui tenait aussi bien de la fatigue que de la paix retrouvée. C'était comme si la tension qui l'oppressait depuis si longtemps s'était tout à coup relâchée. Il ferma les paupières de fatigue.

— Bien. C'est bien, lui sembla-t-il entendre faiblement quelque part.

Il ne pensait plus à rien. Il essayait seulement d'écouter cette voix lointaine, mais la fatigue envahit tout son corps et l'invita doucement au sommeil…

Le lendemain, il faisait un temps splendide.

Le soleil frappait fort sur la porte-fenêtre du côté sud, et la bouilloire en fonte poursuivait son monologue.

Dans son futon, Coper était plongé dans la lecture de l'un de ses manuels scolaires. Son absence lui avait fait prendre du retard, il s'était dit qu'il était temps d'essayer de le rattraper avant de reprendre le chemin du collège. Or, il n'était pas arrivé au bas de la première page qu'il s'était laissé déconcentrer par la vision du beau ciel de printemps par la porte-fenêtre.

Kitami avait-il lu la lettre qu'il lui avait envoyée hier soir ? En principe, il avait dû l'apporter au collège avec lui aujourd'hui pour la montrer à Mizutani et Urakawa. Oui, mais s'il ne l'avait pas reçue ? Elle n'était peut-être pas encore arrivée, il ne l'avait pas encore lue…

Coper se posa plusieurs fois la question. Quand il prit conscience de la déviation qu'il avait empruntée, il coupa court à ses élucubrations et retourna à son manuel, se promettant cette fois de rester concentré et de ne pas laisser ses pensées divaguer.

Parce que, même si Kitami avait bien reçu la lettre, restait encore à savoir comment il l'avait prise, et puis, cela allait-il suffire pour que ses trois amis retrouvent leur bonne humeur ? Rien qu'à cette pensée, Coper se sentait replonger dans l'état d'esprit qui était le sien juste avant de l'avoir écrite. Ouh là, non, non, non, surtout pas. Il ne faut pas retourner en arrière, surtout pas, essayait de se convaincre Coper. Et pour éviter de récidiver, il décida de ne plus penser à ce qui allait se passer. De ne plus y penser du tout.

Bien sûr. Arrêter de penser. Il avait déjà réfléchi tout son soûl sur son comportement, il s'était morfondu autant qu'il pouvait se morfondre, il avait regretté tout ce qu'il y avait à regretter, maintenant, le moment était venu de relever la tête et de se mettre à vivre en regardant droit devant soi.

— Tu étudies, aujourd'hui ?

Coper se retourna à la voix de sa mère. Elle tenait un vase où elle avait disposé une branche de pêcher en fleur.

— Regarde comme c'est joli !

Coper approuva d'un signe de tête et sourit. Toutes ces petites fleurs rose vif, certaines bien ouvertes, d'autres à moitié écloses, ou encore en bouton, rondes et gonflées de vie sur les branches qui cachaient sa mère jusqu'à la poitrine, étaient vraiment du plus bel effet.

La mère de Coper disposa le vase dans l'alcôve et s'installa à côté de lui pour tricoter. Coper reprit sa lecture. Tous deux n'avaient besoin que de peu de mots, le calme régnait, seul le chuchotement de la bouilloire troublait le silence.

Au bout d'un certain temps, Coper se retrouva de nouveau la tête en l'air à contempler le plafond.

— Tu sais, Junichi, dit alors sa mère d'une voix douce, quand je tricote, les souvenirs remontent... Quand j'étais jeune, j'allais encore à l'école de filles à l'époque, je faisais souvent un détour en rentrant de l'école, je passais par le sanctuaire de Tenjin dans le quartier de Yushima, avant de revenir sur Hongô où ma famille habitait. Je traversais toujours le sanctuaire en empruntant le grand escalier de pierre, je ne sais pas si tu le connais, c'est un très escalier très raide, même en pleine journée l'air y est froid, à l'époque c'était assez lugubre, je me demande si c'est toujours pareil aujourd'hui...

Eh bien, un jour, j'étais en train de monter l'escalier quand j'ai aperçu une vieille dame devant moi, un balluchon de coton à la main. Elle devait avoir plus de soixante-dix ans, je la revois encore, ses cheveux blancs coupés très droit, avec une ceinture de kimono en satin plat, toute petite. Elle montait l'escalier en s'aidant d'un parapluie noir en guise de canne, elle tenait retroussés les bords de son kimono, on voyait ses chevilles maigres et ses *tabi* blancs émerger du sous-kimono blanc. Je ne sais pas ce que pouvait contenir son balluchon, il n'était pas si gros que ça mais il avait l'air très lourd. Comme elle était chaussée de socques en bois, cela faisait *clac-clac* à chaque marche et c'était dangereux. Elle montait deux ou trois marches, faisait une petite halte, puis de nouveau deux ou trois marches, une pause, et à chaque fois, elle étirait ses reins avant de reprendre son ascension. J'ai pensé que je ne pouvais pas la laisser monter comme ça.

Je pouvais au moins lui porter son balluchon. J'ai pressé le pas et je l'ai rattrapée en un rien de temps, je pouvais porter son balluchon d'une main et lui donner l'autre bras pour la soutenir, ce n'était rien du tout pour moi. Alors, quand elle s'est de nouveau arrêtée pour faire halte et s'étirer les reins, je me suis dit, je vais m'approcher d'elle et lui proposer de l'aider. Mais elle m'a regardée, puis elle s'est remise à monter, le dos rond, si concentrée, en mettant toutes ses forces à gravir une marche après l'autre, que j'ai pensé que ce n'était pas le moment de lui adresser la parole. Je suis donc restée à ma place.

La vieille dame s'est de nouveau arrêtée. Je me suis de nouveau dit, c'est le moment de lui demander : « Voulez-vous que je vous porte votre balluchon, madame ? » J'allais grimper les quelques marches pour la rattraper, mais j'ai pensé, hum, ce n'est pas le bon moment, et j'ai suspendu mon pas. Le temps de me demander ce que je devais faire, la vieille dame avait repris son ascension comme si elle ne me voyait pas.

A la prochaine halte, j'ai de nouveau monté quelques marches pour la rattraper, mais chaque fois, le temps de décider quel était le meilleur moment pour lui proposer mon aide, elle reprenait son ascension et je laissais passer l'occasion.

Ça s'est répété deux ou trois fois, et finalement, comme l'escalier n'est pas interminable, la vieille dame est arrivée tout en haut. Et moi aussi, après avoir tant hésité, je suis parvenue en haut à sa suite. Nous avons donc pénétré en même temps dans l'enceinte du sanctuaire de Tenjin, qui commence au sommet de l'escalier. La vieille dame, qui n'avait même pas fait attention que quelqu'un montait derrière elle, a posé son balluchon sur le premier banc de pierre et elle est restée debout à côté, appuyée sur son parapluie, comme si elle avait oublié de s'asseoir, les épaules secouées de grandes vagues pendant qu'elle reprenait son souffle, les yeux posés sur la ville en contrebas. Elle m'a regardée passer à côté d'elle sans vraiment me remarquer, comme si j'appartenais au paysage. Ensuite, elle a regardé ailleurs. C'est tout. Mais je n'ai jamais pu oublier son visage.

Voilà, Junichi, c'est tout. Et pourtant, même aujourd'hui, il m'arrive d'y repenser encore, selon le contexte et les sentiments qui m'agitent.

Un temps de silence suivit la fin de l'histoire de la mère de Coper. Ses mains ne s'étaient pas arrêtées, elles, et le cliquetis des aiguilles meublait le silence. Puis elle reprit avec douceur :

— J'avais vu que la vieille dame avait besoin d'aide et j'avais décidé de l'aider en lui portant son paquet, je l'avais bien pensé dans ma tête, mais en définitive je n'ai absolument rien fait… Ma foi, c'est une histoire de rien du tout, mais vois-tu, elle est restée gravée très profondément en moi. Après ça, je suis rentrée toute seule chez moi, et sur le chemin, le temps d'arriver, des tas de pensées me traversaient l'esprit : pourquoi ne me suis-je pas précipitée dès le début ? Pourquoi n'ai-je pas fait exactement ce que j'avais à l'esprit ? J'avais l'impression d'avoir fait quelque chose de mal, de vraiment mal. Maintenant qu'elle était arrivée en haut toute seule, que pouvais-je faire ? C'était trop tard, n'est-ce pas ? Et je ne pourrais jamais rattraper ma conduite. Toute chance de la rattraper s'était évanouie pour toujours à l'instant où la vieille dame avait posé le pied sur la dernière marche. Ce n'était rien, et pourtant, qu'est-ce que j'ai regretté ! J'y ai repensé pendant des jours et des années, mais c'était trop tard. Ce n'était presque rien, mais parce que rien ne pouvait le rattraper, c'était exactement comme si c'était une chose énorme.

Oui, des années ont passé depuis. Je suis devenue adulte, je me suis marié avec ton père, tu es né, ton père est décédé, en vingt ans ou presque, beaucoup de choses sont arrivées. Mais pour moi, cet escalier, c'est comme si cela s'était passé hier. Parce que j'y ai repensé tant et tant de fois depuis…

Tu vois, Junichi, même adulte, il m'arrive encore souvent de me dire, mais pourquoi n'ai-je pas fait ce que mon cœur me disait de faire ? Cela m'arrive encore bien souvent. Chacun de nous, une fois devenu adulte, doit porter en lui au moins un ou deux regrets de ce genre, auxquels il repense de temps à autre et qui continuent de le hanter. Et quand on est adulte, on regrette des choses encore plus importantes que quand on était enfant, des choses que l'on ne pourra jamais réparer ni corriger. Quand je pense à ton père, je pense à tout ce que j'aurais pu faire pendant qu'il était encore en vie, et pourquoi j'ai dit ça ? et pourquoi je ne lui ai pas dit ça ? et pourquoi j'ai fait ça ? et pourquoi je n'ai pas fait ça ? Mon cœur est plein de ces pensées.

La mère de Coper avait arrêté son tricot et, comme Coper, regardait sur le côté par la vitre le ciel bleu clair.

Puis, comme pour se changer les idées, elle sourit et poursuivit son histoire.

— Mais, vois-tu, Junichi, ce souvenir de l'escalier en pierre n'est pas qu'un mauvais souvenir pour moi. Bien sûr, je regrette de ne pas avoir fait ce que j'aurais dû, je regrette de ne pas avoir fait ci et ça, et des regrets, j'en ai bien d'autres. Mais ça ne veut pas dire que je n'ai aucun souvenir de quelque chose que je suis bien contente d'avoir fait au bon moment. Je ne dis pas qu'une bonne action en compense une mauvaise, ce n'est pas comme cela que ça se passe, bien sûr. C'est simplement que certaines choses que j'ai faites ont porté la marque de mon cœur sincère, je crois. Pas assez, sans doute, mais quelques-unes au moins. Et il me semble que ce que j'ai pu faire de bien au bon moment, c'est un peu grâce à mon souvenir douloureux de l'escalier.

C'est vrai, si cette histoire dans l'escalier n'avait pas eu lieu, je n'aurais peut-être pas fait autant d'efforts pour trouver quelque chose de bien en moi à faire prospérer et à traduire dans mes actes. Chaque événement de notre vie est unique, rien ne se répète jamais… Autrement dit, c'est à nous de faire fleurir à chaque instant ce qu'il y a de beau dans notre cœur. Mais sans ce qui s'est passé dans l'escalier, je ne m'en serais peut-être aperçue que bien plus tard.

C'est pour cela que, finalement, je ne pense pas que ce souvenir de l'escalier soit un fardeau pour moi. Ça reste un regret, certainement. Mais il m'a appris quelque chose d'important sur la vie. C'est à partir de ce moment aussi que j'ai commencé à apprécier à leur juste valeur les manifestations de gentillesse que je recevais.

Coper avait attentivement écouté le récit de sa mère et avait fait le lien avec le récent et très regrettable épisode de sa propre vie.

— D'ailleurs, tu sais, Junichi... reprit sa mère sans le regarder, en continuant son tricot, je suppose qu'un jour ou l'autre, une expérience comme celle-là t'arrivera, à toi aussi. Peut-être même quelque chose que tu regretteras encore plus que ma petite histoire dans l'escalier.

Cependant, Junichi, même des décisions ou des actes que l'on regrette ne sont pas entièrement négatifs. Ils sont irréparables, certes, mais les regrets qu'ils nous donnent nous font voir des aspects importants de la condition humaine et nous ouvrent le cœur. Et ils nous obligent à vivre avec plus de profondeur et de lucidité. C'est comme ça que l'être humain grandit. C'est pour ça qu'il ne faut jamais désespérer, quels que soient les regrets que l'on puisse avoir. Parce que quand tu te seras relevé, quelqu'un, un jour, te trouvera plus grand qu'avant.

Et si personne ne le remarque, au moins Dieu le verra.

Les yeux de Coper s'étaient mouillés aux paroles de sa mère. Elle était sûrement au courant de son histoire par l'oncle. Et elle qui savait tout, elle avait eu la délicatesse de lui raconter une histoire à elle en exemple sans effleurer l'endroit qui lui faisait si mal. Elle avait trouvé le moyen de le consoler comme si de rien n'était. Coper retint ses larmes, avant qu'elles ne cèdent et débordent de ses paupières. Mais ces larmes-ci étaient bien différentes de celles dont il avait tant de fois mouillé son oreiller ces derniers jours.

Par-delà la cloison de papier, un ciel bleu et serein annonçait déjà le printemps.

LE CAHIER DE L'ONCLE

Sur les angoisses, les erreurs et la grandeur de l'être humain

La grandeur de l'homme est grande en ce qu'il se connaît misérable. Un arbre ne se connaît pas misérable. Il est vrai que c'est être misérable que de se connaître misérable ; mais c'est aussi être grand, que de connaître qu'on est misérable. Ainsi toutes ses misères prouvent sa grandeur... Ce sont misères d'un roi dépossédé.

Qui se trouve malheureux de n'être pas roi, sinon un roi dépossédé ? Qui se trouve malheureux de n'avoir qu'une bouche ? Et qui ne se trouverait malheureux de n'avoir qu'un œil ? On ne s'est peut-être jamais avisé de s'affliger de n'avoir pas trois yeux, mais on est inconsolable de n'en point avoir.

Pascal

L'homme qui devait être roi se trouve malheureux d'être dépossédé de son titre, et s'attriste de sa situation. Il s'attriste de son présent, parce qu'il devait être roi et ne l'est pas.

De même, si celui qui n'a qu'un seul œil s'afflige, c'est parce qu'il sait que tout être humain doit en avoir deux, et que donc il lui en manque un. S'il était dans la nature de l'humain de n'avoir qu'un œil, personne ne s'affligerait de n'en avoir pas deux. Au contraire, celui qui serait né avec deux yeux s'affligerait sans doute d'être anormal.

Coper, ce sont des pensées profondes auxquelles il nous faut réfléchir. Car elles nous enseignent une vérité importante. Ce qu'elles nous enseignent, c'est le sens du malheur et de la souffrance pour l'humain.

Dans la mesure où nous sommes des êtres humains, il nous arrive à tous, enfants autant qu'adultes, de vivre des expériences tristes ou douloureuses. Evidemment il n'est pas question de les souhaiter à quiconque, mais il faut malgré tout dire que c'est grâce à ces expériences malheureuses, pénibles, douloureuses, que nous apprenons ce qu'est vraiment la condition humaine.

Je ne parle pas seulement de la souffrance morale ou psychologique. La douleur physique a exactement la même signification. Tant que nous sommes en bonne santé, tant que nous n'avons aucun problème ni aucune gêne d'aucune sorte, nous sommes bien près d'oublier que nous avons un cœur, un estomac, des intestins et toutes sortes d'organes dans notre corps, et que ceux-ci jouent un rôle essentiel : nous maintenir en vie. Mais qu'une panne survienne soudain, que nous viennent des palpitations, ou des crampes à l'estomac, et pour la première fois nous pensons à nos organes, nous découvrons alors que ce corps a des ratés. Ressentir la douleur dans notre corps est le signe d'un dysfonctionnement, et c'est bien cette sensation de douleur qui nous l'apprend.

Quand je dis que la douleur nous prévient que notre corps a un problème, je veux dire que la sensation de douleur est le signe que quelque chose ne fonctionne pas normalement dans notre corps, c'est donc bien la douleur qui nous informe. Si une défaillance physique ne génère aucune sensation douloureuse, nous pouvons très bien ne pas nous en apercevoir. Cela peut aller jusqu'à la mort. Par exemple, si une carie ne nous fait pas mal, l'abcès grossit et cela devient beaucoup plus grave qu'une simple rage de dents. C'est pourquoi, bien que tout le monde préfère éviter la douleur, il n'en est pas moins vrai que la douleur est aussi une alliée, une chose remarquable dont nous avons expressément besoin. Elle nous informe d'un dérèglement dans notre corps, et par la même occasion elle nous enseigne comment est le corps humain dans son état normal.

C'est exactement la même chose pour la douleur morale. Elle apparaît quand l'être humain n'est pas dans son état normal, elle nous alerte sur le fait que nous ne sommes pas comme nous devrions être. Elle nous permet de nous rendre compte de ce qui fait un être humain et ce qu'il doit être en réalité, dans la plénitude de sa condition humaine.

Pourquoi les situations de conflit seraient-elles génératrices de souffrances, s'il n'entrait pas dans la condition de l'humain de vivre en harmonie avec ses semblables ? Les humains sont faits pour s'aimer, pour se vouloir du bien, voilà pourquoi ils éprouvent malheur et souffrance en présence de haine ou d'hostilité.

De même, il est dans la nature humaine de vouloir développer ses capacités et travailler en fonction d'elles, c'est pourquoi nous souffrons quand cela ne nous est pas permis.

Si nous ressentons de la douleur, si nous éprouvons de la souffrance, c'est bien parce qu'il n'est pas dans notre condition première de vivre entourés de haine et d'hostilité. Et parce que vivre sans pouvoir développer librement nos capacités est une aberration pour nous.

Le fait qu'un être humain souffre de se sentir misérable prouve en dernière instance qu'il n'est pas dans la nature de l'humain de se sentir misérable.

Comprends-tu, Coper ? Voilà la connaissance qu'il y a à tirer de notre expérience de la douleur ou de la misère.

Bien entendu, il y aura toujours des individus qui appelleront un malheur le simple fait d'avoir échoué à satisfaire leurs désirs égoïstes. D'autres identifieront comme une souffrance leurs efforts pour se conformer à une apparence avantageuse. Evidemment, il s'agit là d'autre chose. Ces gens-là souffrent en réalité de désirs égoïstes ou d'une vanité dont ils sont incapables de se libérer. Leur souffrance et leur malheur cesseront à l'instant où ils renonceront à leur égoïsme et à leur futilité. A la nuance près que cet égoïsme et cette vanité stupide relèvent de la nature humaine et non pas de circonstances malheureuses et douloureuses de leur vie.

Certes, la souffrance n'a rien de spécifiquement humain. Les chiens et les chats gémissent s'ils se blessent, hurlent ou miaulent tristement s'ils sont abandonnés. S'agissant de la douleur physique, de la faim ou de la soif, il n'y a aucune différence entre humains et animaux. C'est pourquoi nous pouvons ressentir de la sympathie, voire une profonde compassion devant la souffrance d'un chien, un chat, un cheval ou une vache, en tant que frères terriens. Ce n'est pas notre nature spécifiquement humaine qui se manifeste dans ce cas, c'est juste notre nature d'animal.

Mais alors, quelle est cette douleur que seuls les humains peuvent ressentir ?

Eh bien, il peut exister chez les humains une sensation de blessure ou de faim permanente, quand bien même ils ne sont physiquement ni blessés ni affamés.

C'est un sang invisible qui saigne de notre cœur quand nos espoirs sont perpétuellement écrasés. C'est une soif insupportable qui nous dévore le cœur quand nous sommes privés de toute tendresse ou toute bonté.

Mais la souffrance qui nous transperce le plus profondément, qui nous arrache des larmes plus douloureuses que toutes les autres, c'est la conscience d'avoir commis une faute irréparable. Quand nous faisons retour sur nos actes, ce n'est pas la sensation de perte qui nous cause les plus vives douleurs. Rien n'est plus douloureux que d'avoir fait ce que, moralement, nous ne devions pas faire.

Oui. Il n'y a rien de plus douloureux que d'en prendre conscience. C'est d'ailleurs pourquoi la plupart des gens se cherchent des excuses pour éviter d'assumer leurs actes. Or, vois-tu, reconnaître ses erreurs et en souffrir, ça, dans le monde entier ce n'est possible qu'aux humains.

Si l'homme n'avait pas le pouvoir d'agir en fonction de ce qu'il sait être le bien, il n'éprouverait aucune sorte de regret ou de remords pour ne pas l'avoir fait, car cela n'aurait aucun sens.

Avoir des remords, c'est se dire que nous avons agi d'une certaine façon alors que nous aurions pu agir autrement. C'est se dire que nous en avions la capacité. Car si nous n'avions pas la capacité d'agir en accord avec la voix de la raison, nous n'aurions pas de motif de souffrir de remords.

Il est douloureux de reconnaître une erreur. Mais dans cette douleur réside aussi la grandeur de l'être humain. *Qui se trouve malheureux de n'être pas roi, sinon un roi dépossédé ?* Qui pleurerait des larmes douloureuses pour avoir commis une erreur, si ce n'est celui qui avait les moyens d'agir en accord avec la raison ?

L'erreur est humaine. Et tant que notre conscience n'est pas paralysée, la conscience de nos erreurs nous obligera à lécher les larmes amères de nos pensées. Mais vois-tu, Coper, nous pouvons tirer une nouvelle assurance de ces pensées douloureuses. C'est parce que nous sommes capables de marcher sur la voie juste que nous éprouvons cette souffrance.

L'erreur est à la vérité ce que le sommeil est à la veille. J'ai remarqué qu'on revient de l'erreur à la vérité comme délassé par le sommeil, a dit Goethe.

Nous avons le pouvoir de décider nous-mêmes ce que nous sommes.

Voilà pourquoi nous nous trompons parfois.

Mais… nous avons le pouvoir de décider nous-mêmes ce que nous sommes.

Voilà pourquoi nous pouvons nous relever de nos erreurs.

Et voilà une autre différence entre les « molécules humaines », comme tu les appelles, et les molécules des corps matériels.

8

Triomphe

Coper se leva de son lit le lendemain du jour où sa mère lui avait raconté son histoire. Il était parfaitement rétabli. Le docteur déclara qu'il pourrait reprendre les cours d'ici deux ou trois jours. Coper était resté deux semaines au lit sans rien faire. Et cela faisait trois jours qu'il avait envoyé sa lettre à Kitami.

Quelle serait la réponse de Kitami à sa lettre ? Coper avait pris la décision de ne pas s'en soucier, mais il y pensait quand même. Quand venait l'heure de la distribution du courrier, il y pensait même tellement qu'il n'arrêtait pas de regarder vers la boîte aux lettres, comme si cela pouvait changer quelque chose. Au bout de trois jours, il n'avait toujours reçu aucune réponse.

Le quatrième jour, en début d'après-midi…

Coper était en train de se couper les ongles des doigts de pieds dans le couloir à l'étage, quand il entendit sa mère monter les escaliers avec précipitation, ce qui était extrêmement surprenant de sa part.

— Junichi ! Une visite pour toi ! annonça-t-elle sans même attendre d'avoir atteint la dernière marche, avec un large sourire.

Elle alla tout de même jusqu'à lui pour préciser, légèrement essoufflée :

— C'est Kitami ! Il est là ! Et Mizutani ! Et Urakawa, aussi !

— Hein ? dit Coper en ouvrant des yeux ronds. C'est vrai, maman ?

— Mais oui, ils sont là ! Dépêche-toi de venir les accueillir !

Coper bondit sur ses pieds et, sans plus se préoccuper de sa mère, dévala le raide escalier sans se rendre compte qu'il avait toujours son coupe-ongles à la main. Une fois en bas, il vit les trois garçons debout dans l'entrée de terre battue, leurs trois visages presque interchangeables : Kitami souriait, Mizutani souriait, Urakawa souriait. Ils souriaient tous les trois de plaisir de revoir Coper après ce long temps d'absence.

— Bonjour ! dit Kitami de sa voix vigoureuse en l'apercevant.

Et toute la moiteur désagréable du sentiment qui encombrait Coper depuis quinze jours s'envola d'un seul coup. C'était comme si des centaines de camarades de retour du stade avaient envahi sa maison pour fêter une victoire avec lui.

— Alors, tu vas mieux ? continua Kitami sans attendre la réponse de Coper.

— Merci. Ça va mieux ! répondit Coper avec joie en s'approchant d'eux.

— Depuis quand tu as quitté le lit ? demanda Mizutani.

— Avant-hier.

— Ah bon, alors tu vas pouvoir revenir en classe ! ajouta Urakawa.

— Oui, je pensais reprendre après-demain.

A chaque réponse, il sentait son visage devenir de plus en plus lumineux, de plus en plus souriant. Chaque mot prononcé semblait avoir pour effet de le rendre plus léger, et là, c'est tout juste s'il n'était pas en train de flotter au-dessus du sol.

Quand les questions-réponses d'usage sur sa maladie furent terminées, il y eut un instant de silence. Ni Coper ni Kitami ni les autres ne savaient trop bien ce qu'il fallait dire maintenant. Ou plutôt, si, ils savaient très bien de quoi il fallait parler maintenant ! Mais ils ne savaient pas vraiment comment aborder le sujet. Coper pensait que, puisque c'était la première fois qu'il voyait Kitami et les autres, le moment était venu de présenter ses excuses. Kitami et les autres, pour leur part, pensaient qu'il fallait dire quelque chose sur la lettre de Coper qu'ils avaient bien reçue. Mais, d'un autre côté, puisqu'ils étaient là, ils ne voyaient plus trop la nécessité de répéter ce que leur présence disait d'elle-même. Dès ses premiers mots, Kitami avait clairement montré qu'ils ne se préoccupaient plus de cela. Et à la réaction de Coper, il était évident que c'était bien ainsi que Coper l'avait compris... Le temps s'écoulait pendant que Coper et ses amis restaient là à sourire bêtement chaque fois que leurs regards se croisaient.

— Mais... d'ailleurs, qu'est-ce qui vous amène ? réussit à dire Coper.

— Comment ça, qu'est-ce qui nous amène ?

— Ben, je veux dire, il y a cours aujourd'hui, non ?

— Ah oui. Bah, en fait, aujourd'hui, les profs avaient une réunion pédagogique, alors ils nous ont libérés plus tôt. Une réunion avec tout un tas de profs de plusieurs collèges de la région, répondit Kitami d'une traite, au nom de tous. Parce que ta lettre est arrivée il y a trois jours, alors avant-hier, je l'ai montrée à Mizutani et Urakawa, et on avait décidé de t'écrire une réponse. Mais hier, on nous a annoncé qu'aujourd'hui la classe finirait plus tôt, alors on s'est dit, on laisse tomber la réponse écrite, on n'a qu'à aller chez lui demain, et donc, nous voilà.

Evidemment, Coper avait baissé la tête à cette explication. Mais Kitami continua :

— Parce qu'il ne faut pas t'en faire pour ça. Nous, on n'y pense même plus... Pas vrai, Mizutani ?

— Bien sûr ! répondit Mizutani. Faut pas t'en faire, Honda. Ça nous gêne, si tu te mets martel en tête pour cette histoire.

— Mais… moi, je…

Coper essaya de dire quelque chose, mais Urakawa parla en même temps.

— Puisqu'on te dit de ne pas t'en faire, Coper ! D'ailleurs, on est venus alors qu'en principe, puisque tu as nous écrit, on était censés t'écrire, mais bon, on s'excuse, hein ? En fait, après cette histoire, si tu savais le bazar que ça a été !

— Alors ça oui, pour un bazar, ça a été un bazar, renchérit Kitami.

Et les trois garçons se mirent à raconter ce qui s'était passé depuis le fameux jour de la neige, en parlant à tour de rôle.

Et il faut dire ce qui est, pour un gros bazar, ça avait été un gros bazar…

Quand elle avait appris que Kitami et Mizutani s'étaient fait attaquer par les grands, la sœur de Mizutani s'était mise dans un pétard pas possible. Elle était restée debout jusqu'à ce que leur père rentre du travail, tard dans la nuit, pour lui demander d'aller le lendemain protester auprès de l'administration. Le père avait dit que le lendemain, ce n'était pas possible à cause d'un impératif de son travail, mais Katsuko n'avait rien voulu entendre et le père était bel et bien passé au collège faire part de son point de vue.

Chez Kitami, pendant ce temps, son père était entré dans une colère noire. Et son père, il était colonel d'infanterie de réserve. Après avoir entendu cette histoire, il avait immédiatement déclaré qu'il allait retirer son fils de l'établissement. Pour lui, Kitami était dans son tort s'il n'avait pas fait preuve du respect que les élèves plus jeunes doivent aux anciens. Mais sévir contre cette mauvaise attitude était du ressort des enseignants, pas des élèves, mêmes les plus grands. Si Kitami avait été frappé, il ne pouvait s'en prendre qu'à lui-même, mais il n'était pas question de laisser impuni le non-respect des règles par les grands… Telle était l'opinion du père de Kitami. Il était donc allé remonter les bretelles à l'administration en vociférant que s'ils avaient l'intention de laisser la bride sur le cou aux élèves, il ne laisserait pas un jour de plus son fils dans cet établissement.

Chez Urakawa, ce n'était pas son père que l'histoire avait fait sortir de ses gonds, mais sa mère. Il n'est peut-être que le fils d'un pauvre fabricant de tôfu, mais c'est mon fils à moi ! Il est peut-être nul en classe, il n'est peut-être pas intelligent, mais je voudrais bien voir ça qu'il se fasse frapper par des grands alors qu'il n'a rien fait ! Est-ce que par hasard cette école accorderait plus d'importance aux fils de riches ? Il ne manquerait plus que ça ! Je n'aime pas l'injustice, moi ! La mère d'Urakawa avait attrapé son père par la peau du cou et lui avait passé un de ces savons… Comme si tout était de sa faute ! Et le lendemain à la première heure, ils étaient allés tous les deux demander des explications au professeur principal. Non mais, vous allez un peu nous expliquer ce qui se passe ici, je vous prie, car nous ne comprenons pas !

Les protestations simultanées des trois familles avaient pris les responsables du collège au dépourvu. Ils étaient dans leurs petits souliers. Certes, il ne s'agit somme toute que de quelques élèves de dernière année qui vont recevoir leur diplôme de fin d'études sous peu et notre première réaction serait bien entendu de passer l'éponge pour une fois, n'est-ce pas… mais puisque cela prend de telles proportions qu'il n'est effectivement pas possible de faire comme si nous n'avions rien vu, n'est-ce pas…

Kurokawa et ses acolytes avaient donc été convoqués devant leur professeur principal qui s'était mis à surveiller leur comportement au jour le jour. La démarche était supposée confidentielle, mais la rumeur s'était rapidement répandue parmi l'ensemble des élèves, et pendant un certain temps, on n'avait plus parlé d'autre chose au collège.

Après une série de consultations auprès des enseignants, au bout d'une semaine, le verdict était tombé : Kurokawa et la Pelade avaient écopé d'un renvoi temporaire de trois jours chacun, les autres membres de la bande qui avaient jeté des boules de neige avaient eu droit à une réprimande officielle. La réprimande officielle est en principe une sanction prononcée par le proviseur, mais celui-ci, par souci de transparence, avait tenu à infliger la réprimande devant l'ensemble des élèves et du corps enseignant réunis dans le grand auditorium du collège. Bref, jamais on n'avait connu ça depuis la fondation de l'établissement.

Mais qui avait pris le plus cher ? Eh bien, c'était Kitami lui-même, que son père avait condamné à garder la chambre jusqu'à ce que toute l'affaire fût réglée. Pour le coup, chez les Kitami, c'était tel fils, tel père. Tête de bois, buté, *gatchin* ! Une fois qu'il avait dit quelque chose, il n'en démordait plus. Kitami l'avait supplié de le laisser aller en cours, mais il s'était vu asséner : « Tu pourras dire ce que tu voudras, tu n'iras pas, un point c'est tout. » Il était donc resté confiné une semaine dans sa chambre, le temps que les choses se calment.

— C'est pour ça qu'on n'a pas pu venir te voir pour te passer les cours, même si on avait entendu dire par les profs que tu étais malade, tu comprends. On était tellement sur les dents avec cette histoire, on n'a même pas eu le temps de t'écrire, expliqua Kitami.

C'est à ce moment-là que la mère de Coper, qui se tenait non loin de là mais n'avait rien dit depuis le début, laissant les quatre garçons discuter entre eux, choisit de placer un mot.

— Junichi, vous n'allez pas parler tout l'après-midi debout dans l'entrée, voyons. Fais donc monter tes amis dans ta chambre, vous serez tout de même plus à l'aise.

— Ah, oui, oui… J'avais complètement oublié. Vous venez ?

Mais Kitami déclina la proposition en disant qu'ils ne pouvaient pas rester trop longtemps et que c'était très bien comme ça dans l'entrée, avant de dire au revoir.

Interrogé sur la raison de leur départ, Mizutani expliqua que sa sœur les attendait à l'arrêt de tram.

— Katsuko ? Que fait-elle dans ce quartier ? s'étonna Coper.

Mizutani expliqua que c'était parce que'elle allait terminer le lycée cette année et qu'elle était venue retirer le dossier d'inscription pour l'université qui se trouvait près d'ici pour la rentrée. Ils devaient la rejoindre à la station de tram pour rentrer ensemble.

— Ah, mais à propos, j'ai une lettre de ma sœur pour toi, ajouta Mizutani en rougissant légèrement.

Et il sortit une enveloppe bleu pâle sur laquelle était marqué *Pour Coper*.

Coper décacheta l'enveloppe sur-le-champ.

Cher Coper,

J'espère que tu vas mieux. J'ai entendu dire que tu avais été assez malade, j'étais inquiète.

Hier, mon frère a apporté à la maison la lettre que tu as écrite à Kitami. Il me l'a fait lire et je dois dire qu'elle m'a beaucoup émue. J'ai pensé que mon frère avait de la chance d'avoir un ami comme toi avec un aussi grand sens moral.

A vrai dire, quand il m'a raconté que tu les avais lâchés au moment crucial, j'étais fâchée. Dire que vous vous étiez fait une promesse si forte… Mais après avoir lu ta lettre, ma colère est partie ! Les larmes me sont même venues aux yeux en lisant.

J'espère que votre relation n'aura pas à souffrir de cette histoire et je te prie, en son nom comme en mon nom propre, de rester l'ami de mon frère.

Soigne-toi bien.

Le xx mars
Katsuko

A l'attention de :
M. Honda Junichi

Coper avait les mains qui tremblaient en lisant.

— Alors, Katsuko vous attend à la station de tram, c'est bien ça ? demanda-t-il d'une voix altérée à Mizutani.

— Oui, il est probable qu'elle y est déjà.

— Elle aurait pu venir, ça n'aurait pas posé de problème, non ?

— Bien sûr, mais elle ne voulait pas déranger.

Coper se tourna alors vers sa mère.

— Maman, je peux dire à la sœur de Mizutani de venir ?

— Mais bien sûr, bien sûr ! C'est une excellente idée. Si elle est d'accord, je serai très heureuse de la recevoir, au contraire !

— Alors, je vais la chercher au tram. Tu veux bien, maman ?

— Mais oui. Enfin…

Coper se remettait de quinze jours de maladie, sa mère hésitait à le laisser sortir. Mais après réflexion, elle prit sa décision.

— … Mais oui, c'est très bien, vas-y ! Mais mets un cache-nez. Et ton manteau, aussi.

Elle n'avait pas terminé sa phrase que Coper était déjà parti au fond de la maison en courant. Il revint avec une grosse écharpe autour du cou. Il décrocha son manteau qui était suspendu dans l'entrée sans même s'arrêter et le passa sur ses épaules.

— Bon, je reviens très vite.

Kitami et les deux garçons firent mine de sortir avec lui, mais la mère de Coper les retint en leur proposant d'attendre son retour ici. Cela les gênait tout de même un peu d'attendre chez Coper en son absence, ils sortirent finalement tous les quatre.

— Coper, au retour, vous n'aurez qu'à prendre un taxi à la station.

La recommandation de sa mère lui arriva dans le dos, car, à vrai dire, Coper avait déjà passé ses socques de bois et était presque dehors.

Plus tard, alors que le taxi qui ramenait les quatre garçons et Katsuko longeait une agréable route bordée de micocouliers…

— A propos, Coper, tu n'as pas montré ma lettre à ta mère, j'espère ? demanda Katsuko.

— Non, non, pas encore.

— Eh bien, ne la lui montre pas, surtout. J'ai pris mes précautions, j'ai écrit dans un style poli, juste au cas où, mais ce n'est pas une raison.

— Bah, je peux bien la lui faire lire, alors !

— Ah non ! Je l'ai écrite à toi, pas à ta mère !

— Ah oui ? Et la lettre que j'ai écrite à Kitami et pas du tout à toi, tu ne l'as pas lue, peut-être ?

— Oh…

Un éclat de rire général résonna dans le taxi, dont les vitres se mirent à vibrer alors qu'il poursuivait sa route dans la jolie lumière du soleil. Les haies d'arbres encadraient la route tout du long, jusqu'à une maison au toit de tuiles brillant chaudement au soleil. Ces haies qui défilaient de part et d'autre de la route, la maison au toit de tuiles rouges qui s'approchait, et au virage suivant, sa maison à lui.

Inconsciemment, Coper se sentit comme rentrant triomphalement après une rude bataille.

9

Jonquilles en bouton et Bouddhas du Gandhara

Coper et ses trois amis s'entendaient de nouveau à merveille. Grâce à la lettre de Coper, très certainement, mais peut-être un peu aussi parce que ses amis n'avaient pas attaché autant d'importance qu'il l'avait cru à toute cette histoire. Mais, à vrai dire, cela lui était égal à présent : même s'il s'était fait à tort une montagne de cette affaire, le point essentiel était que, grâce à cela, il avait appris à réfléchir par lui-même à ses actes. Il avait, pour la première fois de son existence, scruté de près ses actes, ses pensées et sa vie.

Combien de fois ne lui avait-on pas répété, ne l'avait-on pas obligé à réfléchir à des maximes comme « Connais-toi toi-même » ou « Assume tes actes » ? Cela lui semblait des vieilleries démodées. Chaque fois qu'il lisait ou entendait ce genre de sentences, cela ne lui tirait qu'une réaction ennuyée. Encore ? Allez, c'est reparti… Cela faisait belle lurette qu'il connaissait le sens de ces vieilles rengaines. Chaque fois que tombait en cours un sujet de rédaction tel que : « Expliquez le sens de la phrase… » à propos de ce genre de préceptes éculés, il avait toujours la meilleure note de la classe.

Oui, il saisissait parfaitement et depuis longtemps le sens de ces préceptes. Sauf que, entre comprendre la signification des mots et comprendre en quoi ces mots se rattachent à une vérité, il y a une sacrée différence. Ce n'était que tout récemment que Coper était devenu capable de faire retour sur lui-même pour réfléchir. Et il n'en était qu'au commencement.

Dans son esprit, des idées adultes et des idées encore enfantines formaient un étrange méli-mélo. Des idées et des actes. Certes, cela n'avait rien d'extraordinaire en soi. Coper venait d'avoir quinze ans au printemps dernier, il devenait un peu plus adulte jour après jour, et lui-même s'en apercevait. S'il trouvait la batte de base-ball modèle adulte un peu lourde et n'était pas très à l'aise pour la manier, d'un autre côté, la batte modèle enfant que son père lui avait achetée quand il était à l'école primaire lui faisait une sensation étrange, elle était devenue trop légère, trop courte, il n'arrivait pas à comprendre comment il avait pu jouer avec un truc pareil jusqu'à maintenant.

Bref, il avait bien changé. Son oncle aussi s'en était aperçu. Et pendant les vacances de printemps, après les derniers examens, en attendant la rentrée en seconde année, celui-ci lui avait finalement remis le cahier grand format à la couverture de toile lie-de-vin où il avait consigné tout un tas de réflexions à son intention, en lui disant : « Tiens, tu devrais lire ça, ça te rappellera des choses... »

Soudain, vers l'équinoxe de printemps...

Chez Coper, la photographie de son père est posée sur l'autel bouddhiste, avec des fleurs dans un vase et des fruits disposés en pyramide. L'équinoxe de printemps est la fête bouddhiste des morts, alors, même si d'habitude l'autel domestique se faisait plutôt discret, ce jour-là, il était décoré de vives couleurs.

Coper était allongé à plat ventre sur les tatamis, un cahier tout nouveau tout neuf ouvert devant lui, et semblait plongé dans ses réflexions.

C'était sa mère qui avait minutieusement choisi ce cahier joliment relié pour son fils. Et maintenant, Coper réfléchissait à ce qu'il allait écrire dedans. Sa mère aussi avait lu le cahier de l'oncle, une fois qu'il l'avait fini. En le lui rendant, elle avait dit à Coper : « Maintenant, toi aussi tu dois écrire tes réflexions. » Elle lui avait donc offert un cahier dans ce but.

Et Coper se pressurait les méninges pour trouver une réflexion intéressante à écrire pour inaugurer son beau cahier neuf.

Or, les réflexions, ça ne surgit pas comme ça à la demande, ça ne se fabrique pas quand on en a envie. Certes, Coper avait énormément appris en lisant le cahier de son oncle, mais il ne voyait pas ce qu'il pouvait penser de plus que lui. Des sensations, des émotions, il en avait plein, mais ce n'était pas si simple que ça à écrire. Il avait beau y réfléchir, ça ne ressemblait à rien. Sans même s'en rendre compte, l'esprit de Coper s'était détaché de son cahier et traînait plutôt du côté de la cuisine où, précisément, sa mère et la domestique étaient en train de préparer des boulettes de riz enrobées de pâte sucrée de haricots rouges, des *ohagi*, ces délicieux desserts de la fête de l'équinoxe.

Les bonnes idées, ça ne vient pas au creux de la main comme des ohagi.

Hé ! Ce n'était pas mal comme réflexion ! On dirait un proverbe…

Oui, mais de là à la mettre en tête de son beau cahier neuf, hum… Peut-être pas.

Alors, il décida de laisser tomber l'idée de commencer son cahier pour cette fois et se leva.

Il ouvrit la cloison de papier et vit qu'il faisait un temps magnifique. Les jonquilles commençaient à éclore un peu partout dans le jardin, c'était de toute beauté.

Coper descendit au jardin et se mit à se promener au soleil.

Les branches d'érable étaient chargées de petits bourgeons rouges qui avaient percé l'écorce dure. Les nouvelles pousses au sommet des aralias, dans leur épais manteau, pointaient la tête comme des pousses de bambou, et de petites boules pendaient au bout des fines tiges des andromèdes. La terre meuble du jardin était gonflée de vie, les terminaisons coriaces des branches avaient pris du volume, d'innombrables bourgeons se tenaient prêts à montrer le bout de leur nez, le moindre brin d'herbe semblait pousser de toutes ses forces pour sortir le premier, tout juste si on ne les entendait pas crier : « Regarde ! Regarde-moi ! »

Coper se sentait en grande forme. Le moment d'ôter les gros chandails était venu, la saison du doux bruit de la balle de base-ball frappée plein bois n'était plus très loin.

Soudain, sous le thuya au coin du jardin, Coper aperçut sa vieille balle en mousse couverte de boue. C'était donc là qu'elle était ! Dire qu'il l'avait cherchée partout ! Il la ramassa en souriant. Elle s'était donc cachée sans rien dire et avait passé tout l'hiver ici. Combien de fois avait-elle été recouverte par la neige ? Combien de fois avait-elle refait surface quand la neige avait fondu ? Coper se mettait presque à sa place, et cela lui fit prendre conscience que cette fois, le long hiver était fini pour de bon.

Il alla chercher une petite pelle de jardinage rangée sous la galerie extérieure, puis revint et entreprit de déplacer les plantes et les fleurs un peu trop à l'ombre pour les replanter plus au soleil. Car les jonquilles au soleil étaient déjà fleuries, alors que celles qui se trouvaient dans les coins les plus ombragés n'avaient même pas encore leurs bourgeons. Coper fit ainsi le tour du jardin et transplanta tout ce qui en avait besoin.

— Quelque chose d'autre, hum ? se demanda-t-il en regardant autour de lui.

Près de l'endroit où il avait retrouvé sa balle en mousse, il aperçut une étrange petite pousse.

— Ah, celle-là aussi.

Il commença à dégager la terre autour de la plante mystérieuse.

Or, bientôt, il dut se rendre à l'évidence que ce qu'il avait pris pour une pousse continuait profondément. Il croyait dégager un bulbe à cinq centimètres de profondeur, mais à cinq centimètres, cela continuait, à sept centimètres cela continuait encore, il n'avait toujours pas atteint les racines.

Le trou prit vite des proportions assez larges et la terre humide s'accumulait en tas aux pieds de Coper. Dans le trou, plutôt sombre à cause de l'ombre du thuya, seule la pointe était vaguement verte, suivie d'une fine tige blanchâtre. Dix centimètres, onze centimètres, douze centimètres, plus Coper creusait et plus sa motivation augmentait. Toujours pas de racines.

Il en était à un peu plus de quinze centimètres de profondeur quand la motivation se changea en véritable excitation. Une plante qui se donne tout ce mal pour voir le jour, cela méritait le respect…

Vingt centimètres et toujours pas de racines en vue. Soupçonneux, Coper regarda la tige blanchâtre qui émergeait des profondeurs. A vrai dire, cela ressemblait plus à un poireau qu'à une fleur. Combien de temps lui avait-il fallu pour faire pousser tout ça ? Ce n'était manifestement pas l'affaire d'une ou deux semaines. Autrement dit, il fallait qu'elle s'y soit prise très très tôt. La terre devait être encore recouverte de neige quand la plante s'était dit, ah, le printemps va arriver, je peux commencer à lancer un germe. Et dans les profondeurs de la terre, petit à petit, sans désemparer, elle avait grandi, pour, finalement, en voir le bout. Ça, c'était de la persévérance ! Du fond du cœur, Coper lui tira son chapeau. Une plante capable d'un tel travail solitaire, sans tambour ni trompette, méritait tous les hommages. Pour Coper, ce n'était plus n'importe quelle plante, c'était quelqu'un !

— Bravo ! Non, là, vraiment je te dis : Bravo !

Il redoubla d'ardeur et recommença à creuser, avec le sentiment d'engager la conversation avec un nouvel ami.

Enfin, les racines apparurent. Coper reconnut immédiatement un bulbe de jonquille. Comment un bulbe de jonquille avait-il pu se trouver enfoui à une telle profondeur ? Coper ne se l'expliquait pas. Mais une chose était sûre : la plante n'en était pas morte. Et malgré cet énorme poids de terre qui devait l'étouffer, elle avait mis toute sa force vitale à pousser en direction de la chaleur du soleil, sans se décourager elle avait tendu sa tige vers la lumière.

Coper prit dans ses mains cette jonquille exceptionnelle. Elle faisait bien trente centimètres, et c'était comme une amie fleur qui sortait de terre. Evidemment, avec sa tige blanchâtre, elle ressemblait plutôt à un poireau, et il fallait le savoir pour reconnaître une jonquille à la tête légèrement colorée de vert. Coper creusa un autre trou aussi profond mais en terrain beaucoup plus ensoleillé, à proximité d'autres jonquilles qu'il avait déjà déplacées, et replanta son amie en protégeant de terre la délicate tige blanche.

Les autres jonquilles tendaient leurs belles feuilles vert vif toutes propres, leur bouton jaune entrouvert. A côté d'elles, sa nouvelle amie n'était encore qu'un bourgeon à peine sorti de terre. Mais Coper sentit une bouffée de fierté lui monter aux joues. C'était comme s'il voyait la tige pâle lui envoyer sa force par transparence à travers la terre.

— Oh oui ! Même à cette profondeur, il n'est pas question de rester confinée, tu veux absolument grandir et pousser !

Et il se le répéta pour bien s'en imprégner : Tu veux absolument grandir et pousser ! Cette volonté était clairement exprimée dans les trois petits centimètres de couleur verte qui pointaient fièrement la tête. Ou plutôt…

Ou plutôt non. Ce n'était pas seulement cette petite tête verte qui l'exprimait. La même volonté irrépressible de pousser et de grandir se manifestait aussi dans les branches de l'érable, dans les feuilles à huit doigts des aralias, dans les tiges de l'andromède, et dans le moindre brin d'herbe : tous s'étaient mis à pousser de toutes leurs forces.

Coper, oubliant de nettoyer la terre sur ses mains, s'abandonna à la chaude lumière du soleil. Il se sentait plein d'énergie.

Oui, cette force qui désirait tant grandir et se développer existait aussi dans son corps à lui, il la sentait bouger.

Ce soir-là, Coper se trouvait avec son oncle à bavarder dans le bureau de travail de celui-ci.

Tout était tranquille.

Par la fenêtre entrouverte, un air frais s'immisçait dans la pièce avec un léger parfum de fleur de girofle venu d'on ne sait où.

— ... Mais, mon oncle, est-ce vrai que les premières statues de Bouddha sont d'origine grecque ?

— Tout à fait. C'est ce qu'ont prouvé des savants anglais et français, après de longues et laborieuses recherches.

— Non ? Tu es sûr ?

Coper garda une moue aux lèvres. Il n'était manifestement pas convaincu.

Coper était venu pour apporter les *ohagi* que sa mère avait préparés. Mais son oncle l'avait gardé à dîner et maintenant ils bavardaient dans son bureau. La conversation était passée de la tradition de la fête des morts aux équinoxes à la statuaire bouddhique, et ils en étaient à se demander quand et par qui avaient été sculptées les premières statues de Bouddha. C'est là que l'oncle avait dit que les premières statues de Bouddha ne dataient pas de plus de deux mille ans et étaient l'œuvre de sculpteurs grecs. Coper en était si surpris qu'il ne parvenait pas à le croire. Toutes les sculptures grecques qu'il connaissait étaient fines et belles, corps harmonieux, visages purs, membres déliés. Alors que les Bouddhas, pour ce que Coper en connaissait, comme le Grand Bouddha de Kamakura ou le Grand Bouddha de Nara, étaient au contraire adipeux, visages ronds, paupières lourdes, yeux fermés, et plongés dans de profondes pensées. Peut-être exprimaient-ils une compassion et une dignité infinies, c'est possible, n'empêche que pour les jeunes comme lui, ils étaient surtout sinistres et sombres. Et puis, aussi bien dans leur visage que dans leur corps, il ne voyait pas la moindre apparence « occidentale ». Au contraire, qu'y avait-il de plus « oriental » que la statuaire bouddhique ? Alors, que les Grecs, les créateurs de la sculpture grecque, aient inventé la statuaire bouddhique, c'était un peu difficile à avaler…

— Parce que, tout même, mon oncle, le bouddhisme est apparu en Inde, non ?

— Exact. Et les premières statues de Bouddha ont effectivement été sculptées en Inde. Géographiquement, c'est bien en Inde, mais elles sont l'œuvre de sculpteurs grecs et non pas indiens.

— Vraiment ?

— Regarde cette photographie.

L'oncle ouvrit un gros album relié et s'arrêta sur une page illustrée. Plusieurs gravures de statues de Bouddha étaient disposées en vis-à-vis de sculptures grecques.

— Alors ? Tu ne trouves pas qu'elles se ressemblent ?

C'est vrai, ces Bouddhas-là possédaient un visage qui, bien que reconnaissable au premier coup d'œil, avait quelque chose d'occidental, et les plis de leur tunique rappelaient ceux de la statuaire grecque.

— Ils sont un peu bizarres, ces Bouddhas… dit Coper.

— Bizarres ? Comment ça, bizarres ?

— Eh bien… déjà, ils ont l'air d'Occidentaux.

— Exactement ! Si je te dis que ces Bouddhas sont l'œuvre de sculpteurs occidentaux, ça ne t'étonnera pas vraiment, n'est-ce pas ? Et pourtant, il y a quelque chose qui ne ressemble pas aux statues grecques, tu ne trouves pas ? En premier lieu, les longs lobes d'oreille. Et puis, les visages qui expriment un état de profonde méditation typique du Bouddha, ça ne fait pas de doute.

C'est vrai. Ces Bouddhas semblaient à mi-chemin entre les statues grecques et les statues bouddhiques du Japon ou de Chine. Ils ressemblaient aux deux, et se différenciaient des deux.

— D'où viennent-ils, alors, mon oncle?

— Eh bien, ce sont des Bouddhas du Gandhara.

— Du Gandhara? Qu'est-ce que c'est, le Gandhara?

— C'est le nom d'un ancien royaume qui était situé au nord-ouest de l'Inde.

L'oncle de Coper lui donna alors des détails sur ce royaume du Gandhara...

Comme tu le sais, au nord-ouest de l'Inde se trouve un pays appelé l'Afghanistan. Une grande rivière prend sa source en Afghanistan et se jette dans l'Indus. C'est la rivière Kaboul. Avant de rejoindre l'Indus, la rivière Kaboul passe à proximité d'une ville appelée Peshawar. C'est la région autour de Peshawar qui s'appelait autrefois le Gandhara. Il y a une centaine d'années environ, plusieurs statues bouddhiques ont été exhumées dans la région. Puis, en 1870, un archéologue britannique appelé Leitner a effectué de nombreuses fouilles et rapporté ses trouvailles en Angleterre, qui ont rapidement suscité l'intérêt des historiens de l'art du monde entier. Parmi ces vestiges il y avait de nombreuses statues de Bouddha.

Le bouddhisme est né en Inde. Le Bouddha Çakyamuni est né il y a environ deux mille cinq cents ans, il était prince de la ville de Kapila, au cœur de l'Inde. Il a commencé à délivrer son enseignement, après de longues et austères études, pour libérer l'homme de la souffrance. Mais cela, tu le sais. Le bouddhisme s'est répandu progressivement, en particulier quand, deux cents ans environ après la mort de Çakyamuni, le roi Açoka du royaume de Magada a employé la force pour diffuser le bouddhisme, y compris à l'extérieur de son royaume. Le bouddhisme est ainsi devenu une religion très puissante, avant d'être progressivement supplanté par l'hindouisme, puis, encore plus tard, par l'islam. De fait, le bouddhisme a presque entièrement disparu de sa terre natale, l'Inde. Œuvres d'art, constructions, stèles, tout a été détruit ou enseveli, et plus personne ne sait où elles sont.

Au XVIIIe siècle, l'Inde est devenue colonie britannique. Afin de gouverner sa nouvelle colonie, l'administration britannique s'est dit qu'il lui fallait étudier son histoire. Or on s'est aperçu que les Indiens, aussi étonnant que cela puisse paraître, et alors même qu'ils conservaient de très nombreux et très anciens textes sacrés, ne s'étaient jamais vraiment préoccupés de consigner leur histoire. En l'absence d'annales et de récits historiques, il a bien fallu s'en remettre aux vestiges archéologiques. Le gouvernement colonial a donc engagé, il y a environ un siècle, un vaste programme de fouilles, qui a abouti à la découverte, un peu partout, de nombreux artefacts antiques, stèles, ruines, objets d'art, pièces de monnaie, etc. On peut dire que l'histoire de l'Inde est maintenant à peu près reconstituée. De même, les étapes du développement de l'art bouddhiste en Inde sont aujourd'hui à peu près établies. C'est à cette occasion que les Bouddhas du Gandhara ont été découverts et reconnus comme les plus anciennes représentations sculptées du Bouddha.

Comme tu l'as très bien vu, les corps et les visages de ces statues de Bouddha ont un aspect étonnament occidental. D'un point de vue stylistique, elles présentent des similitudes avec les statues grecques, pour certaines très proches d'un Apollon grec. En fait, cela seul ne voudrait pas dire grand-chose car leurs créateurs auraient très bien pu emprunter la technique de la statuaire grecque. Mais un détail nous montre qu'ils n'étaient pas indiens. Le fait que les Bouddhas ont les cheveux noués en chignon. Or, dans le bouddhisme, les bonzes se rasent la tête, et nous savons que Çakyamuni lui-même avait la tête rasée, cela est expressément précisé dans les sûtras. Si les auteurs des Bouddhas du Gandhara avaient été indiens, ils ne les auraient jamais affublés de cheveux.

Plus probant encore : des sculptures bouddhistes bien plus anciennes que les Bouddhas du Gandhara ont aussi été découvertes. Mais dans celles-là, le Bouddha n'est jamais représenté sous une forme humaine. Non parce que les Indiens ne savaient pas sculpter des figures humaines, mais bien par choix. La preuve, c'est que des figures humaines sont bien représentées dans ces sculptures anciennes, et remarquablement, mais jamais le Bouddha lui-même, qui est symbolisé par un arbre, la roue du Dharma ou un mausolée. Le stûpa de Sanchi, par exemple, est un mausolée bouddhiste qui date de ce roi Açoka dont je t'ai parlé tout à l'heure. Le stûpa, ou tumulus bouddhiste, est muni d'une porte qui date de cent ou cent cinquante ans avant notre ère. Sur ce portail sont sculptées les scènes de la vie de Bouddha, mais comme je viens de le dire, le Bouddha lui-même n'est évoqué que par la présence de symboles, jamais sous forme humaine. De sorte qu'on peut affirmer que les Indiens, trois ou quatre cents ans après la mort de Çakyamuni, ne gravaient pas la figure du Bouddha sur des statues. Peut-être, comme l'a dit un érudit, parce que cela n'a pas de sens de représenter sous des traits humains ce qui est plus noble que l'homme. En tout cas, cela renforce l'idée que ceux qui ont réalisé les statues du Gandhara ne devaient pas être des Indiens.

Et pourtant, les expressions faciales des Bouddhas du Gandhara sont sans équivalent dans la statuaire grecque. Alors que les dieux grecs ont un visage lumineux et ouvert, ces Bouddhas arborent une expression réfléchie, une profonde intériorité, et donnent une impression bien différente. Même si les traits stylistiques rappellent la statuaire grecque, l'atmosphère que dégagent ces statues reste éminemment indienne et bouddhiste.

Compte tenu de tout ce que je viens de dire, il apparaît justifié de penser que les artistes qui ont sculpté les Bouddhas de Gandhara étaient des Grecs qui avaient longtemps respiré l'air de l'Orient et s'étaient profondément imprégnés de l'esprit du bouddhisme.

Evidemment, cela pose une question : y avait-il vraiment des Grecs au Gandhara ?

Eh bien, la réponse est oui, absolument. Dans le nord-ouest de l'Inde et de l'Afghanistan, de nombreuses pièces de monnaie anciennes ont été exhumées, en particulier des monnaies des royaumes de Bactriane et de Kouchan, qui occupaient ces régions il y a mille huit cents à mille neuf cents ans, autrement dit autour du Ier et du IIe siècle de notre ère. Sur ces monnaies sont gravées des représentations de dieux indiens, de Bouddhas, mais également de dieux grecs, et surtout, des inscriptions en écriture grecque, à côté d'inscriptions en sanskrit. Cela prouve que non seulement des Grecs étaient présents dans cette région à cette époque, mais qu'ils étaient même relativement nombreux.

Comment se fait-il qu'autant de Grecs vivaient dans le nord-ouest de l'Inde aux premiers siècles de notre ère ?

Eh bien, c'est une conséquence des conquêtes d'Alexandre le Grand, tu en as certainement entendu parler. Alexandre, à la tête d'une armée de coalition des cités grecques, franchit le détroit de l'Hellespont qui sépare l'Europe et l'Asie en 334 avant notre ère. Au cours de la campagne militaire qui suit et qui durera plus de dix ans, il fonde un immense empire sur le continent asiatique. A l'époque, le puissant empire perse s'étendait de la Syrie et de l'Egypte sur les rivages de la Méditerranée jusqu'à l'Indus. L'armée d'Alexandre traversa l'empire perse d'un bout à l'autre comme un ouragan. Non seulement il conquit la capitale de l'empire perse, Babylone, en Mésopotamie, mais il ne s'arrêta pas en chemin et poussa son armée jusqu'à l'Afghanistan actuel, l'Asie centrale et les territoires situés sur la rive est de l'Indus.

Une fois achevée sa conquête de l'Inde, en 323 avant notre ère, Alexandre le Grand retourna à Babylone et posa les bases de son nouvel empire. Il mourut malheureusement la même année, à peine âgé de trente-deux ou trente-trois ans, l'esprit toujours plein d'idéaux démesurés.

Et quels étaient ces idéaux ?

Il rêvait d'unifier les civilisations de l'Orient et l'Occident au sein d'un immense empire. Pour donner l'exemple, il épousa une princesse perse et recommanda à ses généraux de faire de même. Au cours de ses conquêtes, dans chaque contrée il fondait une ville pour y fixer des colons grecs. Ainsi, pensait-il, les Perses s'helléniseraient peu à peu, et les Grecs se « persifieraient », donnant à terme naissance à une civilisation à mi-chemin entre l'Orient et l'Occident.

Sa grande œuvre fut de poser les prémices d'une propagation durable de la culture hellénistique en Asie, laquelle finit par se fondre dans la culture asiatique. Alexandre mourut après une courte décennie d'activité extraordinaire, mais même après sa mort, des Grecs continuèrent à migrer vers l'est, et les échanges entre l'est et l'ouest se développèrent pendant des siècles.

C'est pourquoi les Grecs étaient nombreux dans le royaume de Bactriane, une région du côté de l'actuel Afghanistan, et il y a environ deux mille ans, ces Grecs affluèrent progressivement vers l'Inde du nord-ouest. Ils s'étaient fondus dans la culture indienne, tout en lui incorporant un flux de culture grecque. Ils connaissaient la statuaire grecque tout en respirant un air profondément bouddhiste. C'est ainsi que les premières statues de Bouddha sont nées entre leurs mains.

— Tu vois, Coper… conclut son oncle après sa longue explication, les statues de Bouddha ne sont pas apparues spontanément sous le seul effet de la spiritualité bouddhiste. Elles ne sont pas non plus le simple résultat de la technique grecque. Elles ont été rendues possibles par le lien qui s'est créé entre les deux. Avant cela, il n'y avait pas de statue de Bouddha, même si le bouddhisme était pratiqué depuis des siècles.

Cette fois, Coper voulait bien être convaincu que les premières statues de Bouddha étaient l'œuvre de sculpteurs grecs, mais cela lui causait tout de même une impression étrange de penser que la statuaire bouddhiste était le fruit conjoint de l'Orient et de l'Occident.

— Mais alors, mon oncle, le Grand Bouddha de Nara aussi ?

— Tout à fait. Ce sont des Japonais qui l'ont réalisé, mais selon des techniques importées de Chine. Et la Chine les avait apprises de l'Inde. Et donc, si on remonte le fil, on aboutit aux Bouddhas du Gandhara, et de là à la statuaire grecque.

— Tu es sûr ? s'exclama Coper.

Son oncle reprit :

— Les représentations sculptées du Bouddha, apparues pour la première fois au Gandhara, se sont répandues rapidement dans toute l'Asie et sont devenues monnaie courante. De Java au sud-est jusqu'en Chine, en Corée et au Japon au nord-est. En chemin, elles se sont enrichies des caractères propres à chaque culture et à chaque peuple qu'elles rencontraient, et se sont ainsi peu à peu modifiées, chaque culture rajoutant ses traits spécifiques, sans toutefois perdre l'excellence du savoir-faire grec…

Ici, l'oncle de Coper fit une pause. Il réfléchit un moment, avant de reprendre sur un tout autre ton :

— D'ailleurs, la première statue de Bouddha est arrivée au Japon en 552, soit l'an 1212 de la fondation de la dynastie impériale, il y a environ mille six cents ans. Les transports n'étaient pas très développés à l'époque, cela va sans dire. On ne voyageait pas entre le Japon et la Chine, ou entre la Chine et l'Inde, sans risquer sa vie. Surtout compte tenu des hautes montagnes de l'Asie centrale et des déserts qui séparent la Chine de l'Inde. Il n'existait aucune route maritime à l'époque, il fallait donc franchir un à un les obstacles terrestres. Même aujourd'hui, passer d'Inde en Chine ou de Chine en Inde par l'Asie centrale n'a rien d'une promenade. Alors tu imagines, il y a mille ou deux mille ans, les difficultés que cela devait représenter !

Coper, tu te rends compte du chemin qu'a parcouru cette statue de Bouddha avant d'arriver au Japon ?

Tu as certainement déjà entendu l'aphorisme : « L'art et le savoir ne connaissent pas de frontière. »

Et c'est bien vrai ! Ni la chaîne de l'Himalaya, ni celle de l'Hindou-Kouch, ni la cordillère du Kunlun, autrement dit les montagnes les plus hautes du monde, ni le grand désert du Taklamakan n'ont été capables de stopper la diffusion de l'art. Quand on pense que l'influence grecque, il y a mille et quelques centaines d'années a franchi ces obstacles, puis traversé toute la Chine d'ouest en est pour atteindre tout au bout le Japon, c'est tout de même remarquable, tu ne trouves pas ?

Effectivement, Coper était vraiment étonné, estomaqué même. Pour tout dire, il ne savait pas quel nom donner à son excitation.

— Surtout que ça ne concerne pas seulement les statues de Bouddha, Coper ! Le trésor impérial conservé au Shôsô-in à Nara regorge d'objets d'art venus d'Inde, de Perse, d'Afghanistan et qui ont voyagé jusqu'au Japon au VIIIe siècle. A l'époque, nos ancêtres ne connaissaient ni l'histoire ni la géographie des autres régions du monde, mais cela ne les empêchait pas, sans le savoir, de faire partie de l'histoire mondiale.

Et bien que le Japon ne fût pour ainsi dire qu'un enfant en ce temps-là comparativement à l'histoire mondiale, ses habitants étaient déjà capables de reconnaître la beauté et la valeur d'une œuvre d'art quand ils en voyaient une, même venant d'une autre culture. Ils ont accueilli cette supériorité artistique et technique avec grand intérêt, ce qui leur a permis d'élever le niveau culturel de leur pays. C'est ainsi que les Japonais ont rejoint la voie de l'histoire mondiale, et ont progressé sur cette voie selon la façon qui leur est propre…

Coper sentit ses yeux s'écarquiller.

Quand il pensait à la distance qui séparait la Grèce de son pays tout au bout de l'Extrême-Orient…

Et aux milliards d'individus qui étaient nés, puis morts, en deux mille ans d'histoire…

Et tous ces peuples rencontrés, traversés, dont chacun avait apporté sa pierre à l'édifice !

Quelle vision extraordinaire ! Coper se sentait ému, secoué. Le vent nocturne apportait un parfum de clou de girofle. Coper restait muet, à regarder fixement la lampe posée sur le bureau.

Cette chose qu'il avait sentie dans le jardin l'après-midi, qui ne pouvait pas s'empêcher de grandir… Au cours des milliers et des milliers d'années de l'histoire, elle était déjà devenue si grande et si belle…

10

Matin de printemps

Coper ouvrit les yeux ce matin-là après une nuit paisible et un sommeil sans rêves.

La chambre était encore noire. Tout était-il encore en train de dormir ? Le silence était total, on n'entendait pas le moindre bruit.

Coper resta un moment immobile, les yeux ouverts dans le noir. Il se sentait parfaitement calme, parfaitement reposé, il avait dormi tout son soûl, pas une once de fatigue ne subsistait en lui.

Quelle heure pouvait-il bien être ?

Il tourna légèrement la tête. Une faible lueur perçait entre les interstices du volet par le verre dépoli de la vitre. L'aube était en train de poindre.

Coper sortit de son futon et ouvrit délicatement la fenêtre coulissante, en faisant très attention de ne pas réveiller sa mère et la domestique qui dormaient au rez-de-chaussée. Dehors s'étendait un épais brouillard. Un air humide effleura ses joues.

Le soleil n'était pas encore levé. Tout ce que Coper pouvait voir de sa fenêtre à l'étage, les bosquets du jardin, les toits des maisons voisines, les arbres au loin, les poteaux télégraphiques, tout était enveloppé de brume et paraissait dormir dans une lueur venue de nulle part.

Soudain, il lui sembla entendre un rossignol chanter. Il tendit l'oreille. Un petit instant plus tard, de nouveaux trilles se firent entendre, très loin.

Le rossignol poursuivait son chant. Ou était-il ? Impossible de le voir. Seule sa voix sortait du brouillard. Après un instant de silence, le chant reprenait. Un chant joyeux, semblait-il. Et pourtant, il ne semblait adressé à personne en particulier. Un chant pour soi-même, un chant qui prenait plaisir à sa propre voix, un chant pour exprimer son bonheur. On pouvait presque le voir chanter une phrase et tendre l'oreille pour l'écouter se perdre et s'éteindre au loin dans le brouillard. Accoudé à la fenêtre, Coper resta un moment à écouter le rossignol.

Au bout d'un moment, il s'installa devant son bureau, sortit son beau cahier neuf et son stylo se mit à courir à toute vitesse.

Mon oncle,

Moi aussi, à partir d'aujourd'hui, j'écrirai mes réflexions sur ce cahier. Tu as écrit dans ton cahier comme si tu t'adressais à moi, et moi aussi, je vais essayer d'écrire comme si je te parlais.

J'ai relu ton cahier. Certains passages sont un peu difficiles à comprendre pour moi, mais je l'ai lu en entier, sans sauter une ligne.

Les passages qui m'ont le plus ému, c'est quand tu parles de papa. Celui où tu racontes que les dernières paroles de mon père ont été pour dire que son plus grand souhait était que je devienne quelqu'un de bien, tu peux être sûr que jamais je ne l'oublierai.

J'ai commencé à réfléchir à cela : devenir quelqu'un de bien. Comme tu l'as dit, pour l'instant, je suis surtout un consommateur professionnel, je ne produis rien. A la différence d'Urakawa, même si je me mettais dans l'idée de produire quelque chose, je ne sais rien faire. Ce n'est pas tout à fait vrai. Je peux faire de moi quelqu'un de bien. Devenir quelqu'un de bien, c'est faire quelque chose de bien pour le monde. Et ça, je peux. Et même mieux que ça !

Arrivé à ce point, Coper posa son stylo. Au loin, derrière la brume, lui parvenait le bruit d'un train de banlieue qui passait. Le premier train, déjà.

Coper regarda par la fenêtre. Le ciel s'était bien éclairci à l'horizon. Tokyo s'étendait quelque part dans cette direction. Des centaines de milliers de personnes allaient bientôt se lever et commencer leur journée de travail. Urakawa aussi… Non. Urakawa, lui, était debout depuis longtemps, et devait déjà se trouver à côté de sa grosse marmite en fer, au milieu de nuages de vapeur, à remuer le tôfu bouillant.

Coper revit en pensée la vieille demeure de style occidental de Mizutani et la figure de Katsuko. Il imagina la tête de Kitami en train de dormir. Une bouffée de bonheur emplit sa poitrine, le bonheur d'avoir de vrais bons amis. Il se replongea dans son cahier et se remit à écrire.

Je pense que chacun devrait être l'ami de tous. C'est ce monde-là qu'il faut construire. Et si l'humanité a progressé jusqu'à maintenant, je crois que c'est vers ce but qu'elle se dirige. Et c'est à atteindre ce but que je veux être utile.

Le jour se leva tout d'un coup. Coper redressa la tête. Le soleil entrait par la fenêtre. Il avait commencé à disperser la brume et répandait sa lumière toute neuve sur la terre.

Coper venait de trouver l'idée pour laquelle il vivrait toute sa vie. Et notre longue, longue histoire finit là. Pour le moment, bien sûr.

Car il me reste encore une question :

Et vous, comment vivrez-vous ?

Table

Achevé d'imprimer sur les presses
de CPI Firmin Didot

Dépôt légal : septembre 2023
N° d'impression : 175853